いまこそ読みたい

教科書の泣ける名作

もくじ

はじめに

子どものとき、私たちは相当の数の物語を教科書で読みました。成長してからも強く印象に刻まれている作品が、いくつかあるのではないでしょうか。

教科書の作り手が検討に検討を重ね、学習に適したおもしろい作品を選び抜いた結果が、「教科書の物語」です。名作ぞろいなのも当然といえましょう。

本書は、小学・中学の国語の教科書に掲載された作品から、懐かしい珠玉の名作を集めました。今回は、読者のみなさまからのリクエストが多かった作品も含め、現在も教科書で取り上げている有名な物語から、隠れた名作まで、12篇《へん》の物語と2篇の詩を収録しました。各作品のあとには、作者、採録された教科書の学年、学習内容なども紹介しています。

人生の経験を積み重ねてきたからこそ、登場人物や作者の思い、また物語そのものが、より深く味わえることと思います。懐かしい作品や初めて出会う作品をじっくりと読んで、いろいろな発見を楽しんでいただければ幸いです。

※本書は二〇一四年発刊の『もう一度読みたい 教科書の泣ける名作 再び』（学研教育出版）を元に、収録作品の一部を入れ替えて制作しました。

スーホのしろいうま

モンゴルの民話
大塚勇三　訳

むかし　むかし、ひろい　モンゴルの　くさはらに、スーホという　ひつじかいの　こどもが　いました。スーホは、としとった　おかあさんと　いっしょに　くらしていました。

スーホは、まいあさ　はやく　おきると、おかあさんを　たすけて、ごはんの　したくを　します。それから、ひつじを　おって、ひろい　ひろい　くさはらに　でていくのでした。

あるひの　こと、ひが　しずんで、あたりが　くらく　なったのに、まだ、

スーホが　かえってきません。

おかあさんも、となりきんじょのひとたちも、しんぱいでなりません。とうとう、みんなして、さがしにでかけました。すると――

スーホが、しろいものを　だいて、かえってくるのに　であいました。それは、うまれたばかりの　ちいさな　かわいい　しろうまでした。スーホは　いいました。

「この　こうま、ひとりぼっちでないていたんだよ。おおかみにでもたべられたら、かわいそうだから、つれてきてやったよ」

つきひが　たちました。スーホの　ねっしんな　せわの　おかげで、こうまは、りっぱな　うまに　なりました。からだは　ゆきのように　しろく、そのうえ、とても　たくましくて、だれもが　みとれるのでした。

あるばん、スーホは、うまの　なきごえと、いぬや　ひつじの　さわぎにめをさまして、そとへ　とびだしました。みると、おおきな　おおかみが、ひつじに　とびかかろうと　しています。それを、しろうまが　ひっしに　ふせいでいました。スーホは、おおかみを　おいはらうと、やさしく　しろうまをなでて、いいました。

「ぼくの　かわいい　しろうま。ほんとうに　ありがとう。これからさき、どんなときでも、ぼくは、いつも　おまえと　いっしょだよ」

あるとしの　はる、このあたりを　おさめている　おうさまが、まちで　けいばを　ひらくという　しらせが　つたわってきました。いっとうになったのりてを、おうさまの　あとつぎにする　というのです。スーホは、みんなにすすめられて、しろうまに　またがり、けいばの　ある　まちへと、しゅっぱつしました。

けいばが　はじまりました。くにじゅうから　あつまった、たくましい　わかものたちは、いっせいに、かわの　むちを　ふりました。うまは　とぶように　かけます。でも、みんなの　せんとうきって　はしるのは――しろいうまです！

スーホの　のった　しろうまです！

「しろい　うまが、いっとうだ。しろうまの　のりてを　よんでこい！」と、おうさまは　さけびました。ところが、やってきた　スーホを　みると、ただの　びんぼうな　ひつじかいではありませんか。おうさまは、あとつぎにするなどという　やくそくには　しらんふりをして、いいました。

「おまえには、ほうびに、ぎん　3まい　くれてやる。その　しろうまは　おいていけ」

スーホは　びっくりして、いいました。

「だめです。ぼくは　けいばに　きたのです。うまを　うりに　きたのではありません」

「なまいき　いうな！　わしの　ことばに　さからうきか。……こいつを　こらしめてやれっ！」

おうさまが　どなりたてると、へいたいが　スーホに　とびかかりました。スーホは、おおぜいに　なぐられ、けとばされて、きをうしなってしまいました。おうさまは、しろうまを　とりあげると、へいたいを　ひきつれて、かえっていきました。

すばらしい　しろうまを　てにいれた　おうさまは、おいわいの　さかもりを　ひらきました。そして、うまを　みんなに　みせようと、だいとくいでしろうまに　またがりました。

そのときです。しろうまは、とつぜん　はねあがって、おうさまを　じめんに　ふりおとすと、かぜのように　かけだしました。

おうさまは、どなりました。

「あいつを　つかまえろ。つかまらなかったら、ゆみで　いころしてしまえ」

へいたいたちは、ゆみを　ひきしぼり、いっせいに、やを　はなちました。やは、つぎつぎと、うなりをたてて、しろうまめがけて　とびました。


そのばん、スーホは、とられた　しろうまのことを　おもって、ねられませんでした。ふと、との　そとで、おとがします。ようすを　みに　でていったおかあさんが、さけびました。「しろうまだよ！　しろうまが　かえってきたよ！」

ほんとうに、しろうまは　かえってきました。でも、からだには、やが　なんぼんも　つきささっています。こんなに　きずをうけながら、しろうまはやっとのおもいで、だいすきな　スーホの　ところへ　かえってきたのです。

「ぼくの　しろうま。しなないでおくれ！」

でも、しろうまは　よわりはてていました。いきは　だんだん　ほそくなり、めの　ひかりも　きえました。

スーホの　ねがいも　かなわず、しろうまは　しんでしまいました。かなしさと　くやしさで、スーホは、いくばんも　ねむれませんでした。でも、やっと、あるばん、とろとろと　ねむりこんだとき、ゆめの　なかに、しろうまがでてきました。そして、こう　いいました。

「そんなに　かなしまないでください。それより、わたしの　ほねや、かわや、けを　つかって、ことを　つくってくださいな。そうしたら、わたしは　いつまでも、あなたの　そばに　いられますから」

スーホは、めがさめると　すぐ、ことを　つくりに　かかりました。ゆめでしろうまが　おしえてくれたとおりに、ほねや、かわや、けを、むちゅうでくみたてていきました。

ようやく、ことは　できあがりました。

スーホは、どこへ　いくにも　その　ことを　もって　いきました。それをひくと、しろうまを　ころされた　くやしさや、しろうまに　のって　くさはらを　かけた　たのしさを、おもいだします。そして、スーホは、すぐ　そばに、

しろうまが　いるように　おもうのでした。そんなとき、ことの　ねは、ますます　うつくしく　ひびき、きくひとの　こころを　ゆりうごかすのでした。
やがて、スーホの　つくりだした　ことは、ひろい　モンゴルの　くさはらじゅうに　ひろまりました。そして、ひつじかいたちは、ゆうがたになると、あつまって、その　うつくしい　おとに　みみをすまし、いちにちの　つかれを　わすれるのでした。

（モンゴルの民話「馬頭琴」　大塚勇三 訳「スーホのしろいうま」
『こどものとも　１９６１年　10月号』〈福音館書店〉より）

「あのころ」をふりかえる

■大塚勇三《おおつかゆうぞう》

一九二二（大正十）年生まれの、児童文学者・翻訳家。「長くつ下のピッピ」のシリーズや、「小さなスプーンおばさん」のシリーズなど多くの翻訳がある。

「スーホの白いうま」は、モンゴルの民話「馬頭琴《ばとうきん》」をもとに、子ども向けに再話したものである。馬頭琴はモンゴルの擦弦楽器《さつげんがっき》で、胡弓《こきゅう》の一種。さおの先が馬の頭の形をしている。馬頭琴の由来を美しくも悲しい物語として描いた「スーホの白いうま」は、小学二年生の教科書に採録され、授業では、次のような指導が行われた。

・好きな場面を選んで、班ごとに紙人形劇をする。紙人形を動かす人、話を読む人の受け持ちを決める。紙人形を動かす人は、動きと、言葉や鳴き声や音がうまく合うよう、動かし方を考える。

・スーホは、どのような気持ちで「馬頭琴」を弾いたかを話し合う。

走れメロス

——太宰治

メロスは激怒した。必ず、かの邪智暴虐《じゃちぼうぎゃく》の王を除かなければならぬと決意した。メロスには政治がわからぬ。メロスは、村の牧人である。笛を吹き、羊と遊んで暮して来た。けれども邪悪に対しては、人一倍に敏感であった。きょう未明メロスは村を出発し、野を越え山越え、十里はなれた此《こ》のシラクスの市にやって来た。メロスには父も、母も無い。女房も無い。十六の、内気な妹と二人暮しだ。この妹は、村の或《あ》る律気《りちぎ》な一牧人を、近々、花婿として迎える事になっていた。結婚式も間近《まぢか》なのである。メロスは、それゆえ、花嫁の衣裳《いしょう》やら祝宴の御馳走《ごちそう》やらを買いに、はるばる市にやって来たのだ。先《ま》ず、その品々を買い集め、それから都の大路をぶらぶら歩いた。メロスには竹馬の友があった。セリヌンティウスである。今は此のシラクスの市で、石工をしている。その友を、これから訪ねてみるつもりなのだ。久しく逢《あ》わなかったのだから、訪ねて行くのが楽しみである。歩いているうちにメロスは、まちの様子を怪しく思った。ひっそりしている。もう既《すで》に日も落ちて、まちの暗いのは当りまえだが、けれども、なんだか、夜のせいばかりでは無く、市全体が、やけに寂しい。

のんきなメロスも、だんだん不安になって来た。路《みち》で逢《あ》った若い衆をつかまえて、何かあったのか、二年まえに此の市に来たときは、夜でも皆が歌をうたって、まちは賑《にぎ》やかであった筈《はず》だが、と質問した。若い衆は、首を振って答えなかった。しばらく歩いて老爺《ろうや》に逢い、こんどはもっと、語勢を強くして質問した。老爺は答えなかった。メロスは両手で老爺のからだをゆすぶって質問を重ねた。老爺は、あたりをはばかる低声で、わずか答えた。

「王様は、人を殺します。」

「なぜ殺すのだ。」

「悪心を抱いている、というのですが、誰もそんな、悪心を持っては居《お》りませぬ。」

「たくさんの人を殺したのか。」

「はい、はじめは王様の妹婿さまを。それから、御自身のお世嗣《よつぎ》を。それから、妹さまを。それから、妹さまの御子さまを。それから、皇后さまを。それから、賢臣のアレキス様を。」

「おどろいた。国王は乱心か。」

「いいえ、乱心ではございませぬ。人を、信ずる事が出来ぬ、というのです。このごろは、臣下の心をも、お疑いになり、少しく派手な暮しをしている者には、人質ひとりずつ差し出すことを命じて居《お》ります。御命令を拒めば十字架にかけられて、殺されます。きょうは、六人殺されました。」

聞いて、メロスは激怒した。「呆《あき》れた王だ。生かして置けぬ。」

メロスは、単純な男であった。買い物を、背負ったままで、のそのそ王城にはいって行った。たちまち彼は、巡邏《じゅんら》の警吏に捕縛された。調べられて、メロスの懐中からは短剣が出て来たので、騒ぎが大きくなってしまった。メロスは、王の前に引き出された。

「この短刀で何をするつもりであったか。言え！」暴君ディオニスは静かに、けれども威厳を以《もっ》て問いつめた。その王の顔は蒼白《そうはく》で、眉間《みけん》の皺《しわ》は、刻み込まれたように深かった。

「市を暴君の手から救うのだ。」とメロスは悪びれずに答えた。

「おまえがか?」王は、憫笑《びんしょう》した。「仕方の無いやつじゃ。おまえなどには、わしの孤独の心がわからぬ。」

「言うな!」とメロスは、いきなり立って反駁《はんばく》した。「人の心を疑うのは、最も恥ずべき悪徳だ。王は、民の忠誠をさえ疑って居られる。」

「疑うのが、正当の心構えなのだと、わしに教えてくれたのは、おまえたちだ。人の心は、あてにならない。人間は、もともと私慾《しよく》のかたまりさ。信じては、ならぬ。」暴君は落着いて呟《つぶや》き、ほっと溜息《ためいき》をついた。「わしだって、平和を望んでいるのだが。」

「なんの為《ため》の平和だ。自分の地位を守る為か。」こんどはメロスが嘲笑《ちょうしょう》した。「罪の無い人を殺して、何が平和だ。」

「だまれ、下賤《げせん》の者。」王は、さっと顔を挙げて報いた。「口では、どんな清らかな事でも言える。わしには、人の腹綿《はらわた》の奥底が見え透いてならぬ。おまえだって、いまに、磔《はりつけ》になってから、泣いて詫《わ》びたって聞かぬぞ。」

「ああ、王は利巧《りこう》だ。自惚《うぬぼ》れているがよい。私は、ちゃんと死ぬる覚悟で居るのに。命乞《いのちご》いなど決してしない。ただ、――」と言いかけて、メロスは足もとに視線を落し瞬時ためらい、「ただ、私に情をかけたいつもりなら、処刑までに三日間の日限を与えて下さい。たった一人の妹に、亭主を持たせてやりたいのです。三日のうちに、私は村で結婚式を挙げさせ、必ず、ここへ帰って来ます。」

「ばかな。」と暴君は、嗄《しわが》れた声で低く笑った。「とんでもない嘘《うそ》を言うわい。逃がした小鳥が帰って来るというのか。」

「そうです。帰って来るのです。」メロスは必死で言い張った。「私は約束を守ります。私を、三日間だけ許して下さい。妹が、私の帰りを待っているのだ。そんなに私を信じられないならば、よろしい、この市にセリヌンティウスという石工がいます。私の無二の友人だ。あれを、人質としてここに置いて行こう。私が逃げてしまって、三日目の日暮まで、ここに帰って来なかったら、あの友人を絞め殺して下さい。たのむ。そうして下さい。」

それを聞いて王は、残虐な気持で、そっと北叟笑《ほくそえ》んだ。生意気なことを言うわい。どうせ帰って来ないにきまっている。この嘘つきに騙《だま》された振りして、放してやるのも面白い。そうして身代りの男を、三日目に殺してやるのも気味がいい。人は、これだから信じられぬと、わしは悲しい顔して、その身代りの男を磔刑《たっけい》に処してやるのだ。世の中の、正直者とかいう奴輩《やつばら》にうんと見せつけてやりたいものさ。

「願いを、聞いた。その身代りを呼ぶがよい。三日目には日没までに帰って来い。おくれたら、その身代りを、きっと殺すぞ。ちょっとおくれて来るがいい。おまえの罪は、永遠にゆるしてやろうぞ。」

「なに、何をおっしゃる。」

「はは。いのちが大事だったら、おくれて来い。おまえの心は、わかっているぞ。」

メロスは口惜しく、地団駄《じだんだ》踏んだ。ものも言いたくなくなった。

竹馬の友、セリヌンティウスは、深夜、王城に召された。暴君ディオニスの面前で、佳《よ》き友と佳き友は、二年ぶりで相逢《お》うた。メロスは、友に一切の事情を語った。セリヌンティウスは無言で首肯《うなず》き、メロスをひしと抱きしめた。友と友の間は、それでよかった。セリヌンティウスは、縄打たれた。メロスは、すぐに出発した。初夏、満天の星である。

メロスはその夜、一睡もせず十里の路を急ぎに急いで、村へ到着したのは、翌《あく》る日の午前、陽《ひ》は既《すで》に高く昇って、村人たちは野に出て仕事をはじめていた。メロスの十六の妹も、きょうは兄の代りに羊群の番をしていた。よろめいて歩いて来る兄の、疲労困憊《こんぱい》の姿を見つけて驚いた。そうして、うるさく兄に質問を浴びせた。

「なんでも無い。」メロスは無理に笑おうと努めた。「市に用事を残して来た。またすぐ市に行かなければならぬ。あす、おまえの結婚式を挙げる。早いほうがよかろう。」

妹は頬《ほお》をあからめた。

「うれしいか。綺麗《きれい》な衣裳も買って来た。さあ、これから行って、村の人たちに知らせて来い。結婚式は、あすだと。」

メロスは、また、よろよろと歩き出し、家へ帰って神々の祭壇を飾り、祝宴の席を調《ととの》え、間もなく床に倒れ伏し、呼吸《いき》もせぬくらいの深い眠りに落ちてしまった。

眼が覚めたのは夜だった。メロスは起きてすぐ、花婿の家を訪れた。そうして、少し事情があるから、結婚式を明日にしてくれ、と頼んだ。婿の牧人は驚き、それはいけない、こちらには未だ何の仕度も出来ていない、葡萄《ぶどう》の季節まで待ってくれ、と答えた。メロスは、待つことは出来ぬ、どうか明日にしてくれ給《たま》え、と更に押してたのんだ。婿の牧人も頑強であった。なかなか承諾してくれない。夜明けまで議論をつづけて、やっと、どうにか婿をなだめ、すかして、説き伏せた。結婚式は、真昼に行われた。新郎新婦の、神々への宣誓が済んだころ、黒雲が空を覆い、ぽつりぽつり雨が降り出し、やがて車軸を流すような大雨となった。祝宴に列席していた村人たちは、何か不吉なものを感じたが、それでも、めいめい気持を引きたて、狭い家の中で、むんむん蒸し暑いのも怺《こら》え、陽気に歌をうたい、手を拍《う》った。メロスも、満面に喜色を湛《たた》え、しばらくは、王とのあの約束をさえ忘れていた。祝宴は、夜に入っていよいよ乱れ華やかになり、人々は、外の豪雨を全く気にしなくなった。メロスは、一生このままここにいたい、と思った。この佳《よ》い人たちと生涯暮して行きたいと願ったが、いまは、自分のからだで、自分のものでは無い。ままならぬ事である。メロスは、わが身に鞭《むち》打ち、ついに出発を決意した。あすの日没までには、まだ十分の時が在る。ちょっと一眠りして、それからすぐに出発しよう、と考えた。その頃には、雨も小降りになっていよう。少しでも永くこの家に愚図愚図《ぐずぐず》とどまっていたかった。メロスほどの男にも、やはり未練の情というものは在る。今宵呆然《こよいぼうぜん》、歓喜に酔っているらしい花嫁に近寄り、

「おめでとう。私は疲れてしまったから、ちょっとご免《めん》こうむって眠りたい。眼が覚めたら、すぐに市に出かける。大切な用事があるのだ。私がいなくても、もうおまえには優しい亭主があるのだから、決して寂しい事は無い。おまえの兄の、一ばんきらいなものは、人を疑う事と、それから、嘘《うそ》をつく事だ。おまえも、それは、知っているね。亭主との間に、どんな秘密でも作ってはならぬ。おまえに言いたいのは、それだけだ。おまえの兄は、たぶん偉い男なのだから、おまえもその誇りを持っていろ。」

花嫁は、夢見心地で首肯《うなず》いた。メロスは、それから花婿の肩をたたいて、

「仕度の無いのはお互いさまさ。私の家にも、宝といっては、妹と羊だけだ。他には、何も無い。全部あげよう。もう一つ、メロスの弟になったことを誇ってくれ。」

花婿は揉《も》み手して、てれていた。メロスは笑って村人たちにも会釈して、宴席から立ち去り、羊小屋にもぐり込んで、死んだように深く眠った。

眼《め》が覚めたのは翌《あく》る日の薄明の頃である。メロスは跳ね起き、南無三《なむさん》、寝過したか、いや、まだまだ大丈夫、これからすぐに出発すれば、約束の刻限までには十分間に合う。きょうは是非とも、あの王に、人の信実の存するところを見せてやろう。そうして笑って磔《はりつけ》の台に上ってやる。メロスは、悠々と身仕度をはじめた。雨も、いくぶん小降りになっている様子である。身仕度は出来た。さて、メロスは、ぶるんと両腕を大きく振って、雨中、矢の如《ごと》く走り出た。

私は、今宵、殺される。殺される為《ため》に走るのだ。身代りの友を救う為に走るのだ。王の奸佞邪智《かんねいじゃち》を打ち破る為に走るのだ。走らなければならぬ。そうして、

私は殺される。若い時から名誉を守れ。さらば、ふるさと。若いメロスは、つらかった。幾度か、立ちどまりそうになった。えい、えいと大声挙げて自身を叱《しか》りながら走った。村を出て、野を横切り、森をくぐり抜け、隣村に着いた頃には、雨も止《や》み、日は高く昇って、そろそろ暑くなって来た。メロスは額の汗をこぶしで払い、ここまで来れば大丈夫、もはや故郷への未練は無い。妹たちは、きっと佳《よ》い夫婦になるだろう。私には、いま、なんの気がかりも無い筈《はず》だ。まっすぐに王城に行き着けば、それでよいのだ。そんなに急ぐ必要も無い。ゆっくり歩こう、と持ちまえの呑気《のんき》さを取り返し、好きな小歌をいい声で歌い出した。ぶらぶら歩いて二里行き三里行き、そろそろ全里程の半ばに到達した頃、降って湧いた災難、メロスの足は、はたと、とまった。見よ、前方の川を。きのうの豪雨で山の水源地は氾濫《はんらん》し、濁流滔々《とうとう》と下流に集まり、猛勢一挙に橋を破壊し、どうどうと響きをあげる激流が、木葉微塵《こっぱみじん》に橋桁《はしげた》を跳ね飛ばしていた。彼は茫然《ぼうぜん》と、立ちすくんだ。あちこちと眺めまわし、また、声を限りに呼びたててみたが、繋舟《けいしゅう》は残らず浪《なみ》に浚《さら》われて影なく、渡守《わたしも》りの姿も見えない。流れはいよいよ、ふくれ上り、海のようになっている。メロスは川岸にうずくまり、男泣きに泣きながらゼウスに手を挙げて哀願した。「ああ、鎮めたまえ、荒れ狂う流れを！　時は刻々に過ぎて行きます。太陽も既《すで》に真昼時です。あれが沈んでしまわぬうちに、王城に行き着くことが出来なかったら、あの佳い友達が、私のために死ぬのです。」

濁流は、メロスの叫びをせせら笑う如《ごと》く、ますます激しく躍り狂う。浪は浪を呑《の》み、捲《ま》き、煽《あお》り立て、そうして時は、刻一刻と消えて行く。今はメロスも覚悟した。泳ぎ切るより他に無い。ああ、神々も照覧あれ！　濁流にも負けぬ愛と誠の偉大な力を、いまこそ発揮して見せる。メロスは、ざんぶと流れに飛び込み、百匹の大蛇のようにのた打ち荒れ狂う浪を相手に、必死の闘争を開始した。満身の力を腕にこめて、押し寄せ渦巻き引きずる流れを、なんのこれしきと搔《か》きわけ搔きわけ、めくらめっぽう獅子奮迅《ししふんじん》の人の子の姿には、神も哀れと思ったか、ついに憐愍《れんびん》を垂れてくれた。押し流されつつも、見事、対岸の樹木の幹に、すがりつく事が出来たのである。ありがたい。メロスは馬のように大きな胴震いを一つして、すぐにまた先《さ》きを急いだ。一刻といえども、むだには出来ない。陽《ひ》は既《すで》に西に傾きかけている。ぜいぜい荒い呼吸《いき》をしながら峠をのぼり、のぼり切って、ほっとした時、突然、目の前に一隊の山賊が躍り出た。

「待て。」

「何をするのだ。私は陽の沈まぬうちに王城へ行かなければならぬ。放せ。」

「どっこい放さぬ。持ちもの全部を置いて行け。」

「私には、いのちの他には何も無い。その、たった一つの命も、これから王にくれてやるのだ。」

「その、いのちが欲しいのだ。」

「さては、王の命令で、ここで私を待ち伏せしていたのだな。」

山賊たちは、ものも言わず一斉に棍棒《こんぼう》を振り挙げた。メロスはひょいと、からだを折り曲げ、飛鳥の如《ごと》く身近《みぢか》の一人に襲いかかり、その棍棒を奪い取って、

「気の毒だが、正義のためだ！」と猛然一撃、たちまち、三人を殴り倒し、残

る者のひるむ隙《すき》に、さっさと走って峠を下った。一気に峠を駈《か》け降りたが、流石《さすが》に疲労し、折から午後の灼熱《しやくねつ》の太陽がまともに、かっと照って来て、メロスは幾度となく眩暈《めまい》を感じ、これではならぬ、と気を取り直しては、よろよろ二、三歩あるいて、ついに、がくりと膝を折った。立ち上る事が出来ぬのだ。天を仰いで、くやし泣きに泣き出した。ああ、あ、濁流を泳ぎ切り、山賊を三人も撃ち倒し韋駄天《いだてん》、ここまで突破して来たメロスよ。真の勇者、メロスよ。今、ここで、疲れ切って動けなくなるとは情無い。愛する友は、おまえを信じたばかりに、やがて殺されなければならぬ。おまえは、稀代《きたい》の不信の人間、まさしく王の思う壺《つぼ》だぞ、と自分を叱《しか》ってみるのだが、全身萎《な》えて、もはや芋虫ほどにも前進かなわぬ。路傍の草原にごろりと寝ころがった。身体疲労すれば、精神も共にやられる。もう、どうでもいいという、勇者に不似合いな不貞腐《ふてくさ》れた根性が、心の隅に巣喰《すく》った。私は、これほど努力したのだ。約束を破る心は、みじんも無かった。神も照覧、私は精一ぱいに努めて来たのだ。動けなくなるまで走って来たのだ。私は不信の徒では無い。ああ、できる事なら私の胸を截《た》ち割って、真紅の心臓をお目に掛けたい。愛と信実の血液だけで動いているこの心臓を見せてやりたい。けれども私は、この大事な時に、精も根も尽きたのだ。私は、よくよく不幸な男だ。私は、きっと笑われる。私の一家も笑われる。私は友を欺いた。中途で倒れるのは、はじめから何もしないのと同じ事だ。ああ、もう、どうでもいい。これが、私の定った運命なのかも知れない。セリヌンティウスよ、ゆるしてくれ。君は、いつでも私を信じた。私も君を、欺かなかった。私たちは、本当に佳《よ》い友と友であったのだ。いちどだって、暗い疑惑の雲を、お互い胸に宿したことは無かった。いまだって、君は私を無心に待っているだろう。ああ、待っているだろう。ありがとう、セリヌンティウス。よくも私を信じてくれた。それを思えば、たまらない。友と友の間の信実は、この世で一ばん誇るべき宝なのだからな。セリヌンティウス、私は走ったのだ。君を欺くつもりは、みじんも無かった。信じてくれ！　私は急ぎに急いでここまで来たのだ。濁流を突破した。山賊の囲みからも、するりと抜けて一気に峠を駈《か》け降りて来たのだ。私だから、出来たのだよ。ああ、この上、私に望み給《たも》うな。

放って置いてくれ。どうでも、いいのだ。私は負けたのだ。だらしが無い。笑ってくれ。王は私に、ちょっとおくれて来い、と耳打ちした。おくれたら、身代りを殺して、私を助けてくれると約束した。私は王の卑劣を憎んだ。けれども、今になってみると、私は王の言うままになっている。私は、おくれて行くだろう。王は、ひとり合点して私を笑い、そうして事も無く私を放免するだろう。そうなったら、私は、死ぬよりつらい。私は、永遠に裏切者だ。地上で最も、不名誉の人種だ。セリヌンティウスよ、私も死ぬぞ。君と一緒に死なせてくれ。君だけは私を信じてくれるにちがい無い。いや、それも私の、ひとりよがりか？　ああ、もういっそ、悪徳者として生き伸びてやろうか。村には私の家が在る。羊も居る。妹夫婦は、まさか私を村から追い出すような事はしないだろう。正義だの、信実だの、愛だの、考えてみれば、くだらない。人を殺して自分が生きる。それが人間世界の定法《じょうほう》ではなかったか。ああ、何もかも、ばかばかしい。私は、醜い裏切り者だ。どうとも、勝手にするがよい。やんぬる哉《かな》。――四肢を投げ出して、うとうと、まどろんでしまった。

ふと耳に、潺々《せんせん》、水の流れる音が聞えた。そっと頭をもたげ、息を呑《の》んで耳をすました。すぐ足もとで、水が流れているらしい。よろよろ起き上って、見ると、岩の裂目から滾々《こんこん》と、何か小さく囁《ささや》きながら清水が湧き出ているのである。その泉に吸い込まれるようにメロスは身をかがめた。水を両手で掬《すく》って、一くち飲んだ。ほうと長い溜息《ためいき》が出て、夢から覚めたような気がした。歩ける。行こう。肉体の疲労恢復《かいふく》と共に、わずかながら希望が生れた。義務遂行の希望である。わが身を殺して、名誉を守る希望である。斜陽は赤い光を、樹々の葉に投じ、葉も枝も燃えるばかりに輝いている。日没までには、まだ間がある。私を、待っている人があるのだ。少しも疑わず、静かに期待してくれている人があるのだ。私は、信じられている。私の命なぞは、問題ではない。死んでお詫《わ》び、などと気のいい事は言って居《お》られぬ。私は、信頼に報いなければならぬ。いまはただその一事だ。走れ！　メロス。

私は信頼されている。私は信頼されている。先刻の、あの悪魔の囁《ささや》きは、あれは夢だ。悪い夢だ。忘れてしまえ。五臓が疲れているときは、ふいとあんな悪い夢を見るものだ。メロス、おまえの恥ではない。やはり、おまえは真の勇者だ。再び立って走れるようになったではないか。ありがたい！　私は、正義の士として死ぬ事が出来るぞ。ああ、陽《ひ》が沈む。ずんずん沈む。待ってくれ、ゼウスよ。私は生れた時から正直な男であった。正直な男のままにして死なせて下さい。

路《みち》行く人を押しのけ、跳ねとばし、メロスは黒い風のように走った。野原で酒宴の、その宴席のまっただ中を駈《か》け抜け、酒宴の人たちを仰天させ、犬を蹴とばし、小川を飛び越え、少しずつ沈んでゆく太陽の、十倍も早く走った。一団の旅人と颯《さ》っとすれちがった瞬間、不吉な会話を小耳にはさんだ。「いまごろは、あの男も、磔《はりつけ》にかかっているよ。」ああ、その男、その男のために私は、いまこんなに走っているのだ。その男を死なせてはならない。急げ、メロス。おくれてはならぬ。愛と誠の力を、いまこそ知らせてやるがよい。風態なんかは、どうでもいい。メロスは、いまは、ほとんど全裸体であった。呼吸《いき》も出来ず、二度、三度、口から血が噴き出た。見える。はるか向うに小さく、シラクスの市の塔楼が見える。塔楼は、夕陽を受けてきらきら光っている。

「ああ、メロス様。」うめくような声が、風と共に聞えた。

「誰だ。」メロスは走りながら尋ねた。

「フィロストラトスでございます。貴方《あなた》のお友達セリヌンティウス様の弟子でございます。」その若い石工も、メロスの後について走りながら叫んだ。「もう、駄目《だめ》でございます。むだでございます。走るのは、やめて下さい。もう、あの方をお助けになることは出来ません。」

「いや、まだ陽《ひ》は沈まぬ。」

「ちょうど今、あの方《かた》が死刑になるところです。ああ、あなたは遅かった。おうらみ申します。ほんの少し、もうちょっとでも、早かったなら！」

「いや、まだ陽は沈まぬ。」メロスは胸の張り裂ける思いで、赤く大きい夕陽ばかりを見つめていた。走るより他は無い。

「やめて下さい。走るのは、やめて下さい。いまはご自分のお命が大事です。あの方は、あなたを信じて居《お》りました。刑場に引き出されても、平気でいました。王様が、さんざんあの方をからかっても、メロスは来ます、とだけ答え、強い信念を持ちつづけている様子でございました。」

「それだから、走るのだ。信じられているから走るのだ。間に合う、間に合わぬは問題でないのだ。人の命も問題でないのだ。私は、なんだか、もっと恐ろしく大きいものの為《ため》に走っているのだ。ついて来い！　フィロストラトス。」

「ああ、あなたは気が狂ったか。それでは、うんと走るがいい。ひょっとしたら、間に合わぬものでもない。走るがいい。」

言うにや及ぶ。まだ陽《ひ》は沈まぬ。最後の死力を尽《つく》して、メロスは走った。メロスの頭は、からっぽだ。何一つ考えていない。ただ、わけのわからぬ大きな力にひきずられて走った。陽は、ゆらゆら地平線に没し、まさに最後の一片の残光も、消えようとした時、メロスは疾風の如く刑場に突入した。間に合った。

「待て。その人を殺してはならぬ。メロスが帰って来た。約束のとおり、いま、帰って来た。」と大声で刑場の群衆にむかって叫んだつもりであったが、喉がつぶれて嗄《しゃが》れた声が幽《かす》かに出たばかり、群衆は、ひとりとして彼の到着に気がつかない。すでに磔《はりつけ》の柱が高々と立てられ、縄を打たれたセリヌンティウスは、徐々に釣り上げられてゆく。メロスはそれを目撃して最後の勇、先刻、濁流を泳いだように群衆を掻《か》きわけ、掻きわけ、

「私だ、刑吏！　殺されるのは、私だ。メロスだ。彼を人質にした私は、ここにいる！」と、かすれた声で精一ぱいに叫びながら、ついに磔台に昇り、釣り

上げられてゆく友の両足に、齧《かじ》りついた。群衆は、どよめいた。あっぱれ。ゆるせ、と口々にわめいた。セリヌンティウスの縄は、ほどかれたのである。

「セリヌンティウス。」メロスは眼《め》に涙を浮べて言った。「私を殴れ。ちから一ぱいに頬を殴れ。私は、途中で一度、悪い夢を見た。君が若《も》し私を殴ってくれなかったら、私は君と抱擁する資格さえ無いのだ。殴れ。」

セリヌンティウスは、すべてを察した様子で首肯《うなず》き、刑場一ぱいに鳴り響くほど音高くメロスの右頬を殴った。殴ってから優しく微笑《ほほえ》み、

「メロス、私を殴れ。同じくらい音高く私の頬を殴れ。私はこの三日の間、たった一度だけ、ちらと君を疑った。生れて、はじめて君を疑った。君が私を殴ってくれなければ、私は君と抱擁できない。」

メロスは腕に唸《うな》りをつけてセリヌンティウスの頬を殴った。

「ありがとう、友よ。」二人同時に言い、ひしと抱き合い、それから嬉《うれ》し泣きにおいおい声を放って泣いた。

群衆の中からも、歔欷《きょき》の声が聞えた。暴君ディオニスは、群衆の背後から二

人の様を、まじまじと見つめていたが、やがて静かに二人に近づき、顔をあからめて、こう言った。

「おまえらの望みは叶《かな》ったぞ。おまえらは、わしの心に勝ったのだ。信実とは、決して空虚な妄想ではなかった。どうか、わしも仲間に入れてくれまいか。どうか、わしの願いを聞き入れて、おまえらの仲間の一人にしてほしい。」

どっと群衆の間に、歓声が起った。

「万歳、王様万歳。」

ひとりの少女が、緋《ひ》のマントをメロスに捧《ささ》げた。メロスは、まごついた。佳《よ》き友は、気をきかせて教えてやった。

「メロス、君は、まっぱだかじゃないか。早くそのマントを着るがいい。この可愛《かわい》い娘さんは、メロスの裸体を、皆に見られるのが、たまらなく口惜しいのだ。」

勇者は、ひどく赤面した。

（太宰治「走れメロス」
『現代日本の文学31　太宰治集』〈学習研究社〉より）

「あのころ」をふりかえる

■太宰治《だざいおさむ》

一九〇九（明治四十二）年、青森県生まれ。本名は津島修治《つしましゅうじ》。無頼《ぶらい》派を代表する作家で、現在でも多くの読者を持つ。井伏鱒二《いぶせますじ》に師事した。代表作は「富嶽《ふがく》百景」、「津軽《つがる》」、「人間失格」など。自殺未遂や心中未遂を繰り返した時期もあり、一九四八（昭和二十三）年に玉川上水《たまがわじょうすい》に入水《じゅすい》自殺。遺体が発見された六月十九日は、作品名から桜桃忌《おうとうき》と呼ばれ、墓所には毎年多くのファンが集まる。小説家の津島佑子《ゆうこ》は、実の娘である。

「走れメロス」は、中学二年生の教科書に採録され、授業では、次のような指導が行われた。

・たとえなどの特徴的な表現に注目し、どんな効果をあげているか考える。

・疲れて立ち上がれなくなったときと、水の流れる音を聞いて水を飲んだ後とでは、メロスの考え方がどう変化しているかをとらえる。

ベロ出しチョンマ

斎藤隆介

1

千葉の花和村《はなわ》に「ベロ出しチョンマ」というオモチャがある。チョンマは長《ちょう》松《まつ》がなまったもの。このトンマな人形の名前である。

人形は両手をひろげて十の字の形に立っている。そして背中の輪をひくと眉《まゆ》毛《げ》が「ハ」の字に下がってベロッと舌を出す。見れば誰でも思わず吹き出さずにはいられない。

2

長松はもう十二でアンちゃんだから、妹のめんどうを見てやらなくちゃやならない。ウメはまだ三つだし、霜焼け《しもや》がひどいから、寝る時と起きる時には必ず泣く。

霜焼けはくずれて、オケの中の湯に手をひたし、手に巻いたキレをぬらしてから取るんだが、ウミでベットリくっついているから泣くのも仕方がない。取ってやる長松のほうが泣きたいくらいだ。

けれどもこの頃は、父《とう》ちゃんも母《かあ》ちゃんもいそがしそうなので、ウメのめんどうを見てやるのは長松しかいない。

ある時長松はうまいことを見つけた。湯の中のウメの手から巻いたキレをはがす時、ウメがビーと泣き出しそうになったら言うのだ。

「ウメ。見ろ。アンちゃんのツラ」

そして眉毛をカタッと「ハ」の字に下げて、ベロッとベロを出してやるんだ。

すると、ウメは、今にも泣き出しそうに涙《なみだ》がいっぱいたまった目で長松の顔を見ると、そのままケタケタと笑い出してしまう。笑い出さずにはいられない。

そこをすかさず、す早くキレをひっぱがしてしまうのだ。ウメが泣き出すヒマはない。

それでもウミがたくさん出てあんまり痛い時には、ウメはポロポロッと涙を頬《ほお》にこぼした。こぼしたがやっぱりケタケタと笑い声を上げずにはいられなかった。アンちゃんの顔は、それほどマヌケたツラになるのだ。

3

ウメの手をよく湯でぬくめてから、油薬《あぶらぐすり》をぬって新しいキレで巻いてやると、ウメはラクになるのか床《とこ》へ入ってすぐスヤスヤと眠る。

けれど長松《ちょうまつ》は眠れない。子供でも、もう十二だから、少しは父ちゃん母ちゃんや村の衆《しゅう》の心配事が分かる。

大人たちはネングの相談をしているのだ。今年は急にネングをたくさん取られることになって、大人たちは困っているのだ。

去年も今年も洪水《こうずい》や地震《じしん》や日照りやがあって、米も麦もロクロクとれないのに、殿様《とのさま》はネングを前よりもっと出せと言って来ている。

自分で食う米も麦もなくなって、どうにも出せない者がふえたから、少しでもある者からは根こそぎ持って行ってしまおうとしているのだ。

「もうこうなったらハァ、ちょうさんだ」

「いっそ打ちこわしでもやっか」

「ごうそするか」

「それよりだれかが江戸《えど》へじきそすれば――」

父ちゃんを夜おそく訪《たず》ねて来るおじさんたちは、じょうだんとも本気ともつかない調子でそんなことを言ってはタメいきをついた。

そしてまた声が低くなって、ヒソヒソ話はいつまでも続く。

長松はたびたび聞いているうちに、聞き馴《な》れない言葉もだんだん分かって来た。ちょうさんとは田んぼも家もほうり出して、よその国へ逃げていくこと、打ちこわしとは町の米屋へおしかけて米蔵《こめくら》をぶちこわして食う米を取ってくること、ごうそとは殿様の所へおしかけること、じきそは将軍様へ殿様のやり方を言いつけに行くことらしい。

そしてどれもこれも、つかまってローヤに入れられたり、首を切られたりするおそろしいバツがあるらしいのだ。

長松《ちょうまつ》は、ナンドのウメのとなりの床の中で、ヒョウキンな目玉をむいて暗い天井《てんじょう》を見つめながら、父ちゃんたちのヒソヒソ話を聞いている。だが、いつも知らないまに眠ってしまっていて、おじさんたちがいつ帰ったのかは知ることが出来なかった。

4

ある朝起きてみたら父ちゃんがいなかった。母ちゃんに聞いたら
「知ンねえ。父ちゃんのいねえこと、誰《だれ》にも言うんじゃねえド。分かったっぺ!」

と恐《こわ》い顔をして言った。父ちゃんは帰って来なかった。夜中にヒソヒソやって来たおじさんたちも誰も来なくなった。

そして何日もたったある晩、表の戸がはげしくドンドン叩《たた》かれた。

母ちゃんは寝間着《ねまき》のまま床の上に起き直って、右に長松、左にウメをヒシと抱《かか》えこんだ。まっ青《さお》な顔をしていた。

戸は蹴倒《けたお》されて、役人がナダレこんで来た。

「名主《なぬし》、木本藤五郎妻《とうごろうつま》ふじ、そのほう、夫《おっと》藤五郎が、おそれおおくも江戸将軍家へじきそに及《およ》ぶため、出府《しゅっぷ》せしこと存《ぞん》じおろう！」

肥《ふと》った役人が憎々《にくにく》しげにそう言って、六尺棒《しゃくぼう》で母ちゃんの肩《かた》をグイと突《つ》いた。ウメがワッと泣き出し、長松は役人をにらんでやった。父ちゃんは江戸へ行ったんだナ！　将軍様にあったんだ！

「知ってました。覚悟《かくご》はしてますだ。ご存分《ぞんぶん》に」

母ちゃんの腕《うで》に力が入って、体のふるえが長松の体にも伝わって来たが、長松は母ちゃんの声がふるえていないのが気にいった。

5

長松は刑場《けいじょう》で初めて父ちゃんを見た。父ちゃんは長松たちと同じように白い着物を着せられて、もう高いハリツケ柱にしばられていた。

「父ちゃん！」

と長松《ちょうまつ》が叫《さけ》ぶと、ヒゲぼうぼうの父ちゃんが高い所でニコッと笑った。とってもやさしい目だった。

竹矢来《たけやらい》の外にギッシリ詰《つ》めかけた村人たちの念仏《ねんぶつ》の声がいっそう高まった。

母ちゃんも長松も、それからタッタ三つのウメまでが、次々にひき廻《まわ》しの裸《はだか》馬の背中からおろされると、次々に十字のハリツケ柱におし上げられて、両手両足をしばり上げられた。ウメは、

「母ちゃーん母ちゃーん！」

と火がついたように泣き叫んだ。

竹矢来の西のはしがユッサユッサと揺《ゆ》れはじめた。村の人たちの怒《おこ》って血走った目や、ゆさぶるふしくれ立った手やが、高い長松の所からはよく見えた。棒を持った役人たちがそっちへ数人走って行き、一番えらい役人があわてて、

「はじめィーッ！」

と叫んだ。

突き役が二人、ぬき身の槍《やり》を朝日に光らせながらウメのハリツケ柱のほうへノソノソと近寄って行った。

まず高いウメの胸の所で槍の穂先《ほさき》をぶッちがいに組み合わせた。穂先がギラギラッと光った。

「ヒーッ！　おっかねえ――ッ！」

ウメが虫をおこしたように叫んだ。

この時長松は、思わず叫んでしまった。

「ウメーッ、おっかなくねえぞォ、見ろォアンちゃんのツラアーッ！」

そして眉毛《まゆげ》をカタッと「ハ」の字に下げてベロッとベロを出した。

竹矢来の外の村人は、泣きながら笑った、笑いながら泣いた。長松はベロを出したまま槍で突かれて死んだ。

長松親子が殺された刑場のあとには、小さな社《やしろ》が建った。役人がいくらこわしても、いつかまた建っていた。そして命日《めいにち》にあたる一日には縁日《えんにち》が立って「ベロ出しチョンマ」の人形が売られて、親たちは子供に買ってやった。

千葉の花和《はなわ》村の木本神社の縁日では、今でも「ベロ出しチョンマ」を売っている。

（斎藤隆介「ベロ出しチョンマ」
『新・名作の愛蔵版　ベロ出しチョンマ』〈理論社〉より）

「あのころ」をふりかえる

■斎藤隆介《さいとうりゅうすけ》

一九一七（大正六）年〜一九八五（昭和六十）年。東京都生まれの児童文学作家。新聞記者として働くかたわら、著作も行った。短編童話集『ベロ出しチョンマ』で小学館文学賞、童話『天《てん》の赤馬《あかうま》』で日本児童文学者協会賞、童話『ソメコとオニ』で絵本にっぽん賞を受賞している。

「ベロ出しチョンマ」は、小学六年生の教科書に採録された。授業では、次のような指導が行われた。

・長松《ちょうまつ》の行動は読者に何を語りかけているかを考え、主題をとらえる。
・妹のウメに対する行動から考え、長松はどのような少年だと思うか、読み取ったことを話し合う。
・長松の行動について考えながら、感想をまとめて書く。

あかいろうそく

新美南吉

やまから　さとの　ほうへ、あそびに　いった　さるが、一ぽんの　あかい　ろうそくを　ひろいました。

あかい　ろうそくは、たくさん　ある　ものでは　ありません。それで　さるは、あかいろうそくを、はなびだと　おもいこんで　しまいました。

さるは、ひろった　あかい　ろうそくを、だいじに　やまへ　もって　かえりました。

やまでは、たいへんな　さわぎに　なりました。なにしろ、はなびなどと　いう　ものは、しかに　しても、ししに　しても、うさぎに　しても、かめにしても、いたちに　しても、たぬきに　しても、きつねに　しても、まだ　一ども、みた　ことが　ありません。その　はなびを、さるが　ひろって　きたと　いうので　あります。

「ほう、すばらしい。」

「これは、すてきな　ものだ。」

しかや、ししや、うさぎや、かめや、いたちや、たぬきや、きつねが、おしあい　へしあいして、あかい　ろうそくを　のぞきました。すると　さるが、

「あぶない、あぶない。そんなに　ちかよっては　いけない。ばくはつするから。」

と　いいました。

みんなは　おどろいて、しりごみしました。

そこで　さるは、はなびと　いう　ものが、どんなに　おおきな　おとをして　とびだすか、そして、どんなに　うつくしく　そらに　ひろがるか、みんなに　はなして　きかせました。そんなに　うつくしい　ものなら、みたいものだと、みんなは　おもいました。

「それなら、こんばん、やまの　てっぺんに　いって、あそこで　うちあげてみよう。」

と、さるが　いいました。

　みんなは、たいへん　よろこびました。よるの　そらに、ほしを　ふりまくように、ぱあっと　ひろがる　はなびを　めに　うかべて、みんなは　うっとりしました。

　さて、よるに　なりました。みんなは、むねを　おどらせて、やまの　てっぺんに、やって　いきました。さるは　もう、あかい　ろうそくを、きの　えだに　くくりつけて、みんなの　くるのを、まって　いました。

　いよいよ　これから、はなびを　うちあげる　ことに　なりました。しかし、こまった　ことが　できました。と　もうしますのは、だれも　はなびに、ひを　つけようと　しなかったからです。みんなは、はなびを　みる　ことは　すきでしたが、ひを　つけに　いく　ことは、すきで　なかったので　あります。

　これでは、はなびは　あがりません。そこで、くじを　ひいて、ひを　つけに　ゆく　ものを、きめる　ことに　なりました。

　だいいちに　あたった　ものは、かめで　ありました。

かめは　げんきを　だして、はなびの　ほうへ　やって　いきました。

だが、うまく　ひを　つける　ことが　できたでしょうか。いえ、いえ。かめは、はなびの　そばまで　くると、くびが　しぜんに　ひっこんで　しまって、でて　こなかったので　ありました。

そこで　くじが　また　ひかれて、こんどは、いたちが　いく　ことに　なりました。いたちは　かめよりは　いくぶん　ましでした。と　いうのは、くびを　ひっこめて　しまわなかったからで　あります。

しかし、いたちは　ひどい　きんがんで　ありました。だから、ろうそくの　まわりを、きょろきょろと　うろついて　いるばかりで　ありました。

とうとう、ししが　とびだしました。

ししは　まったく、いさましい　けだものでした。ししは、ほんとうに　やって　いって、ひを　つけて　しまいました。

みんなは、びっくりして、くさむらに　とびこみ、みみを　かたく　ふさぎました。みみばかりで　なく、めも　ふさいで　しまいました。

しかし、ろうそくは、ぽんとも　いわずに、しずかに　もえて　いるばかり
でした。

〈新美南吉「あかいろうそく」『新美南吉童話選集』〈大日本図書〉より〉

「あのころ」をふりかえる

■新美南吉《にいみなんきち》

一九一三（大正二）年～一九四三（昭和十八）年。渡辺《わたなべ》家の次男として、愛知県に生まれる。生後まもなく亡くなった兄である長男と同じく、正八《しょうはち》と名付けられた。四歳で母を亡くし、八歳のときには母の実家である新美家の養子となった。教師をしながら、児童文学者として童話の執筆を続け、『赤い鳥』などの児童文芸雑誌に、作品を発表した。二十九歳という若さで亡くなったが、童話の他、童謡、小説、戯曲、詩、俳句、短歌など、千五百を超える作品を残した。代表作は、「ごん狐《ぎつね》」「手袋を買いに」など。

「あかいろうそく」は、小学二年生の教科書に採録された。授業では、次のような指導が行われた。

・「おし合いへし合いして、あかいろうそくをのぞいたとき」など、それぞれの場面の動物たちの様子や気持ちを考える。

トロッコ

芥川龍之介

小田原《おだわら》熱海《あたみ》間《かん》に、軽便鉄道敷設《けいべんてつどうふせつ》の工事が始まったのは、良平《りょうへい》の八つの年だった。良平は毎日村外《はず》れへ、その工事を見物に行った。工事を——といった所が、唯《ただ》トロッコで土を運搬する——それが面白さに見に行ったのである。

トロッコの上には土工が二人、土を積んだ後《うしろ》に佇《たたず》んでいる。トロッコは山を下《くだ》るのだから、人手を借りずに走って来る。煽《あお》るように車台が動いたり、土工の袢纏《はんてん》の裾《すそ》がひらついたり、細い線路がしなったり——良平はそんなけしきを眺めながら、土工になりたいと思う事がある。せめては一度でも土工と一しょに、トロッコへ乗りたいと思う事もある。トロッコは村外れの平地へ来ると、自然と其処《そこ》に止まってしまう。と同時に土工たちは、身軽にトロッコを飛び降りるが早いか、その線路の終点へ車の土をぶちまける。それから今度はトロッコを押し押し、もと来た山の方へ登り始める。良平はその時乗れないまでも、押す事さえ出来たらと思うのである。

或《ある》夕方、——それは二月の初旬だった。良平は二つ下の弟や、弟と同じ年の隣の子供と、トロッコの置いてある村外れへ行った。トロッコは泥だらけになった儘《まま》、薄明るい中に並んでいる。が、その外《ほか》は何処《どこ》を見ても、土工たちの姿は見えなかった。三人の子供は恐る恐る、一番端にあるトロッコを押した。トロッコは三人の力が揃《そろ》うと、突然ごろりと車輪をまわした。良平はこの音にひやりとした。しかし二度目の車輪の音は、もう彼を驚かさなかった。ごろり、ごろり、――トロッコはそう云《い》う音と共に、三人の手に押されながら、そろそろ線路を登って行った。

その内に彼是《かれこれ》十間程《けんほど》来ると、線路の勾配《こうばい》が急になり出した。トロッコも三人の力では、いくら押しても動かなくなった。どうかすれば車と一しょに、押し戻されそうにもなる事がある。良平はもう好《い》いと思ったから、年下の二人に合図をした。

「さあ、乗ろう?」

彼等は一度に手をはなすと、トロッコの上へ飛び乗った。トロッコは最初徐《おもむ》ろに、それから見る見る勢《いきお》いよく、一息に線路を下《くだ》り出した。その途端《とたん》につき当りの風景は、忽《たちま》ち両側へ分かれるように、ずんずん目の前へ展開して来る。

——良平《りょうへい》は顔に吹きつける日の暮の風を感じながら殆《ほとん》ど有頂天になってしまった。

しかしトロッコは二三分の後《のち》、もうもとの終点に止まっていた。

「さあ、もう一度押すじゃあ。」

良平は年下の二人と一しょに、又《また》トロッコを押し上げにかかった。が、まだ車輪も動かない内に、突然彼等《かれら》の後《うしろ》には、誰かの足音が聞え出した。のみならずそれは聞え出したと思うと、急にこう云《い》う怒鳴り声に変った。

「この野郎！　誰に断ってトロに触《さわ》った？」

其処《そこ》には古い印袢纏《しるしばんてん》に、季節外《はず》れの麦藁帽《むぎわらぼう》をかぶった、背の高い土工が佇《たたず》んでいる。——そう云う姿が目にはいった時、良平は年下の二人と一しょに、もう五六間《けん》逃げ出していた。——それぎり良平は使《つかい》の帰りに、人気《ひとけ》のない工事場のトロッコを見ても、二度と乗って見ようと思った事はない。唯《ただ》その時の土工の姿は、今でも良平の頭の何処《どこ》かに、はっきりした記憶を残している。薄明りの中に仄《ほの》めいた、小さい黄色の麦藁帽、——しかしその記憶さえも、年毎《ごと》に色彩は薄れるらしい。

その後《のち》十日余りたってから、良平は又たった一人、午過《ひるす》ぎの工事場に佇《たたず》みながら、トロッコの来るのを眺めていた。すると土を積んだトロッコの外《ほか》に、枕木《まくらぎ》を積んだトロッコが一輛《りょう》、これは本線になる筈《はず》の、太い線路を登って来た。このトロッコを押しているのは、二人とも若い男だった。良平は彼等を見た時から、何だか親しみ易《やす》いような気がした。「この人たちならば叱《しか》られない。」――彼はそう思いながら、トロッコの側《そば》へ駈《か》けて行った。

「おじさん。押してやろうか？」

その中の一人、――縞《しま》のシャツを着ている男は、俯向《うつむ》きにトロッコを押した儘《まま》、思った通り快い返事をした。

「おお、押してくよう。」

良平は二人の間にはいると、力一杯押し始めた。

「われは中々《なかなか》力があるな。」

他《た》の一人、――耳に巻煙草《まきたばこ》を挟《はさ》んだ男も、こう良平を褒《ほ》めてくれた。

その内に線路の勾配《こうばい》は、だんだん楽になり始めた。「もう押さなくとも好《い》い。」――良平《りょうへい》は今にも云《い》われるかと内心気がかりでならなかった。が、若い二人の土工は、前よりも腰を起《おこ》したぎり、黙々と車を押し続けていた。良平はとうとうこらえ切れずに、怯《お》ず怯ずこんな事を尋ねて見た。

「何時《いつ》までも押していて好い？」

「好いとも。」

二人は同時に返事をした。良平は「優しい人たちだ」と思った。

五六町余り押し続けたら、線路はもう一度急勾配になった。其処《そこ》には両側の蜜柑畑《みかんばたけ》に、黄色い実がいくつも日を受けている。

「登り路《みち》の方が好い、何時までも押させてくれるから。」

――良平はそんな事を考えながら、

全身でトロッコを押すようにした。

蜜柑畑の間を登りつめると、急に線路は下りになった。縞《しま》のシャツを着ている男は、良平に「やい、乗れ」と云った。良平は直《す》ぐに飛び乗った。トロッコは三人が乗り移ると同時に、蜜柑畑の匂《におい》を煽《あお》りながら、ひた辷《すべ》りに線路を走り出した。「押すよりも乗る方がずっと好い。」――良平は羽織に風を孕《はら》ませながら、当り前の事を考えた。「行きに押す所が多ければ、帰りに又《また》乗る所が多い。」――そうも亦《また》考えたりした。

竹藪《たけやぶ》のある所へ来ると、トロッコは静かに走るのを止《や》めた。三人は又前のように、重いトロッコを押始《おしはじ》めた。竹藪は何時《いつ》か雑木林《ぞうきばやし》になった。爪先《つまさき》上りの所々には、赤錆《あかさび》の線路も見えない程《ほど》、落葉のたまっている場所もあった。その路をやっと登り切ったら、今度は高い崖《がけ》の向《む》うに、広々と薄ら寒い海が開けた。と同時に良平の頭には、余り遠く来過ぎた事が、急にはっきりと感じられた。

三人は又トロッコへ乗った。車は海を右にしながら、雑木の枝の下を走って行った。しかし良平はさっきのように、面白い気もちにはなれなかった。「もう帰ってくれれば好《い》い。」——彼はそうも念じて見た。が、行く所まで行きつかなければ、トロッコも彼等《かれら》も帰れない事は、勿論《もちろん》彼にもわかり切っていた。

その次に車の止まったのは、切崩《きりくず》した山を背負っている、藁屋根《わらやね》の茶店の前だった。二人の土工はその店へはいると、乳呑児《ちのみご》をおぶった上《かみ》さんを相手に、悠々《ゆうゆう》と茶などを飲み始めた。良平《りょうへい》は独《ひと》りいらいらしながら、トロッコのまわりをまわってみた。トロッコには頑丈《がんじょう》な車台の板に、跳《は》ねかえった泥が乾いていた。

少時《しばらく》の後《のち》茶店を出て来しなに、巻煙草《まきたばこ》を耳に挟《はさ》んだ男は、（その時はもう挟んでいなかったが）トロッコの側《そば》にいる良平に新聞紙に包んだ駄菓子をくれた。良平は冷淡に「難有《ありがと》う」と云《い》った。が、直《すぐ》に冷淡にしては、相手にすまないと思い直した。彼はその冷淡さを取り繕《つくろ》うように、包み菓子の一つを口へ入れた。菓子には新聞紙にあったらしい、石油の匂《におい》がしみついていた。

三人はトロッコを押しながら緩《ゆる》い傾斜を登って行った。良平は車に手をかけていても、心は外《ほか》の事を考えていた。

その坂を向うへ下り切ると、又《また》同じような茶店があった。土工たちがその中へはいった後《あと》、良平はトロッコに腰をかけながら、帰る事ばかり気にしていた。茶店の前には花のさいた梅に、西日の光が消えかかっている。「もう日が暮れる。」――彼はそう考えると、ぼんやり腰かけてもいられなかった。トロッコの車輪を蹴って見たり、一人では動かないのを承知しながらうんうんそれを押して見たり、――そんな事に気もちを紛《まぎ》らせていた。

所《ところ》が土工たちは出て来ると、車の上の枕木に手をかけながら、無造作に彼にこう云った。

「われはもう帰んな。おれたちは今日《きょう》は向う泊りだから。」

「あんまり帰りが遅くなるとわれの家《うち》でも心配するずら。」

良平は一瞬間呆気《あっけ》にとられた。もう彼是《かれこれ》暗くなる事、去年の暮母《くれ》と岩村《いわむら》まで来たが、今日の途《みち》はその三四倍ある事、それを今からたった一人、歩いて帰らなければならない事、――そう云う事が一時にわかったのである。良平は殆《ほとん》ど泣きそうになった。が、泣いても仕方がないと思った。泣いている場合ではないとも思った。彼は若い二人の土工に、取って附けたような御時宜《おじぎ》をすると、どんどん線路伝いに走り出した。

良平《りょうへい》は少時《しばらく》無我夢中に線路の側《そば》を走り続けた。その内に懐《ふところ》の菓子包みが、邪魔になる事に気がついたから、それを路側《みちばた》へ抛《ほう》り出す次手《ついで》に、板草履《いたぞうり》も其処《そこ》へ脱《ぬ》ぎ捨ててしまった。すると薄い足袋《たび》の裏へじかに小石が食いこんだが、足だけは遙《はる》かに軽くなった。彼は左に海を感じながら、急な坂道を駈《か》け登った。時々涙がこみ上げて来ると、自然に顔が歪《ゆが》んで来る。——それは無理に我慢しても、鼻だけは絶えずくうくう鳴った。

竹藪《やぶ》の側を駈け抜けると、夕焼けのした日金山《ひがねやま》の空も、もう火照《ほて》りが消えかかっていた。良平は愈《いよいよ》気が気でなかった。往《い》きと返《かえ》りと変《かわ》るせいか、景色の違うのも不安だった。すると今度は着物までも、汗の濡れ通ったのが気になったから、やはり必死に駈け続けたなり、羽織《はおり》を路側へ脱《ぬ》いで捨てた。

蜜柑畑《みかんばたけ》へ来る頃には、あたりは暗くなる一方だった。「命さえ助かれば——」良平はそう思いながら、辷《すべ》ってもつまずいても走って行った。

やっと遠い夕闇の中に、村外《はず》れの工事場が見えた時、良平は一思いに泣きたくなった。しかしその時もべそはかいたが、とうとう泣かずに駈け続けた。

彼の村へはいって見ると、もう両側の家々には、電灯の光がさし合っていた。良平はその電灯の光に頭から汗の湯気の立つのが、彼自身にもはっきりわかった。井戸端に水を汲《く》んでいる女衆《おんなしゅ》や、畑から帰って来る男衆《おとこしゅ》は、良平が喘《あえ》ぎ喘ぎ走るのを見ては、「おいどうしたね?」などと声をかけた。が、彼は無言の儘《まま》、雑貨屋だの床屋だの、明るい家の前を走り過ぎた。

彼の家《うち》の門口《かどぐち》へ駈けこんだ時、良平はとうとう大声に、わっと泣き出さずにはいられなかった。その泣き声は彼の周囲《まわり》へ、一時に父や母を集まらせた。殊《こと》に母は何とか云《い》いながら、良平の体を抱《かか》えるようにした。が、良平は手足をもがきながら、啜《すす》り上げ啜り上げ泣き続けた。その声が余《あま》り激しかったせいか、近所の女衆も三四人、薄暗い門口へ集って来た。父母は勿論《もちろん》その人たちは、口々に彼の泣く訣《わけ》を尋ねた。しかし彼は何と云われても泣き立てるより外《ほか》に仕方がなかった。あの遠い路《みち》を駈け通して来た、今までの心細さをふり返ると、いくら大声に泣き続けても、足りない気もちに迫られながら、……

良平《りょうへい》は二十六の年、妻子《さいし》と一しょに東京へ出て来た。今では或《ある》雑誌社の二階に、校正の朱筆《しゅふで》を握っている。が、彼はどうかすると、全然何の理由もないのに、その時の彼を思い出す事がある。全然何の理由もないのに?――塵労《じんろう》に疲れた彼の前には今でもやはりその時のように、薄暗い藪《やぶ》や坂のある路《みち》が、細々と一すじ断続している。……

（芥川龍之介「トロッコ」
『現代日本の文学11　芥川龍之介集』〈学習研究社〉より）
※原文の旧字体は、現代のものに改めました。

「あのころ」をふりかえる

■芥川龍之介《あくたがわりゅうのすけ》

一八九二（明治二十五）〜一九二七（昭和二）年。東京生まれの作家。新人作家に与えられる文学賞である「芥川賞」の由来となった人物である。大学生のとき、『今昔物語集《こんじゃくものがたりしゅう》』、『宇治拾遺物語《うじしゅういものがたり》』といった日本の古典を題材にした短編小説「鼻」を発表。この作品が夏目漱石《なつめそうせき》に絶賛され、文壇で注目されるようになった。豊富な知識をもとに、古典をアレンジした作品は他にも多数あり、「羅生門《らしょうもん》」、「地獄変《じごくへん》」、「藪《やぶ》の中」などがその代表に当たる。「蜘《く》蛛《も》の糸」、「杜子春《とししゅん》」など、子ども向けに書かれた作品もある。また、短歌や俳句も多く残した。

「トロッコ」は、中学一年生の教科書に採録された。日が暮れかけた頃に見知らぬ場所に一人放り出されてしまった主人公の驚きと不安、孤独が、作品の主題につながっている。授業では、次のような指導が行われた。

・人物の心情に深く結びつく情景描写をとらえる。

よだかの星

宮沢賢治

よだかは、じつにみにくい鳥です。

顔は、ところどころ、みそをつけたようにまだらで、くちばしは、ひらたくて、耳までさけています。

足は、まるでよぼよぼで、一間《いっけん》（約一・八メートル）ともあるけません。

ほかの鳥は、もう、よだかの顔を見ただけでも、いやになってしまうというぐあいでした。

たとえば、ひばりも、あまりうつくしい鳥ではありませんが、よだかよりは、ずっと上だと思っていましたので、夕方など、よだかにあうと、さもさもいやそうに、しんねりと目をつぶりながら、首をそっぽへむけるのでした。もっと小さなおしゃべりの鳥などは、いつでもよだかのまっこうから悪口《わるくち》をしました。

「ヘン。またでてきたね。まあ、あのざまをごらん。ほんとうに、鳥のなかまのつらよごしだよ。」

「ね、まあ、あの口の大きいことさ。きっと、かえるの親類かなにかなんだよ。」

こんな調子です。おお、よだかでないただのたかならば、こんななまはんかの小さい鳥は、もう名前をきいただけでも、ぶるぶるふるえて、顔いろをかえて、からだをちぢめて、木《こ》の葉《は》のかげにでもかくれたでしょう。ところがよだかは、ほんとうは、たかのきょうだいでも親類でもありませんでした。かえって、よだかは、あのうつくしいかわせみや、鳥のなかの宝石《ほうせき》のようなはちすずめのにいさんでした。はちすずめは花の蜜《みつ》をたべ、かわせみはおさかなをたべ、よだかは羽虫《はむし》をとってたべるのでした。それによだかには、するどいつめも、するどいくちばしもありませんでしたから、どんなに弱い鳥でも、よだかをこわがるはずはなかったのです。

それなら、たかという名のついたことはふしぎなようですが、これは、ひとつはよだかのはねがむやみに強くて、風を切ってかけるときなどは、まるでたかのように見えたことと、もひとつは鳴き声がするどくて、やはりどこか、たかに似ていたためです。もちろん、たかは、これをひじょうに気にかけて、いやがっていました。それですから、よだかの顔さえ見ると、肩《かた》をいからせて、はやく名前をあらためろ、名前をあらためろと、いうのでした。

ある夕方、とうとう、たかが、よだかのうちへやってまいりました。

「おい。いるかい。まだおまえは名前をかえないのか。ずいぶんおまえも、はじ知らずだな。おまえとおれでは、よっぽど人格がちがうんだよ。たとえばおれは、青い空をどこまでも飛んでいく。おまえは、くもってうすぐらい日か、夜でなくちゃ、でてこない。それから、おれのくちばしやつめを見ろ。そして、よくおまえのとくらべてみるがいい。」

「たかさん。それはあんまりむりです。わたしの名前は、わたしがかってにつけたのではありません。神さまからくださったのです。」

「いいや。おれの名なら、神さまからもらったのだといってもよかろうが、おまえのは、いわば、おれと夜と、両方から借りてあるんだ。さあかえせ。」

「たかさん。それはむりです。」

「むりじゃない。おれが、いい名をおしえてやろう。市蔵《いちぞう》というんだ。市蔵とな。いい名だろう。そこで、名前をかえるには、改名の披露《ひろう》というものをしないといけない。いいか。それはな、首へ市蔵と書いたふだをぶらさげて、わたしは以来、市蔵ともうしますと、口上《こうじょう》をいって、みんなのところをおじぎしてまわるのだ。」

「そんなことは、とてもできません。」

「いいや。できる。そうしろ。もしあさっての朝までに、おまえがそうしなかったら、もうすぐ、つかみころすぞ。つかみころしてしまうから、そう思え。おれは、あさっての朝はやく、鳥のうちを一けんずつまわって、おまえがきたかどうかをきいてあるく。一けんでもこなかったといううちがあったら、もうきさまも、そのときがおしまいだぞ。」

「だって、それはあんまりむりじゃありませんか。そんなことをするくらいなら、わたしはもう死んだほうがましです。いますぐころしてください。」

「まあ、よく、あとで考えてごらん。市蔵なんて、そんなにわるい名じゃないよ。」

たかは、大きなはねをいっぱいにひろげて、じぶんの巣のほうへ飛んでかえっていきました。

よだかは、じっと目をつぶって考えました。

(いったいぼくは、なぜこう、みんなにいやがられるのだろう。ぼくの顔は、みそをつけたようで、口はさけてるからなあ。それだって、ぼくはいままで、なんにも悪いことをしたことがない。赤んぼうのめじろが巣からおちていたときは、たすけて巣へつれていってやった。そしたらめじろは、赤んぼうをまるでぬす人《びと》からでもとりかえすように、ぼくからひきはなしたんだなあ。それから、ひどくぼくをわらったっけ。それにああ、こんどは市蔵《いちぞう》だなんて、首へふだをかけるなんて、つらいはなしだなあ。)

あたりは、もううすくらくなっていました。よだかは巣から飛びだしました。雲がいじわるくひかって、ひくくたれています。よだかはまるで雲とすれすれになって、音なく空を飛びまわりました。

それからにわかに、よだかは口を大きくひらいて、はねをまっすぐに張って、まるで矢のように空をよこぎりました。小さな羽虫が、いくひきもいくひきも、そののどにはいりました。

からだが土につくかつかないうちに、よだかはひらりと、また空へはねあがりました。もう雲はねずみいろになり、むこうの山には山焼《やまや》けの火がまっかです。

よだかがおもいきって飛ぶときは、空がまるでふたつに切れたように思われます。一ぴきのかぶとむしが、よだかののどにはいって、ひどくもがきました。よだかはすぐそれをのみこみましたが、そのときなんだか、せなかがぞっとしたように思いました。

雲はもうまっくろく、東のほうだけ山焼けの火が赤くうつって、おそろしいようです。よだかは、むねがつかえたように思いながら、また空へのぼりました。

また一ぴきのかぶとむしが、よだかののどに、はいりました。そしてまるでよだかののどをひっかいて、ばたばたしました。よだかは、それをむりにのみこんでしまいましたが、そのとき、きゅうにむねがどきっとして、よだかは大声をあげて泣きだしました。泣きながら、ぐるぐるぐるぐる空をめぐったのです。

（ああ、かぶとむしや、たくさんの羽虫が、毎ばん、ぼくにころされる。そして、そのただひとつのぼくが、こんどはたかにころされる。それがこんなにつらいのだ。ああ、つらい、つらい。ぼくはもう虫をたべないで、飢《う》えて死のう。いやそのまえに、もうたかがぼくをころすだろう。いや、そのまえに、ぼくは遠くの遠くの空のむこうにいってしまおう。）

山焼けの火は、だんだん水のようにながれてひろがり、雲も赤く燃えているようです。

よだかはまっすぐに、弟のかわせみのところへ飛んでいきました。きれいなかわせみも、ちょうどおきて、遠くの山火事を見ていたところでした。そして、よだかのおりてきたのを見ていいました。

「にいさん。こんばんは。なにかきゅうのご用ですか。」

「いいや、ぼくはこんど遠いところへいくからね、そのまえちょっと、おまえにあいにきたよ。」

「にいさん。いっちゃいけませんよ。はちすずめもあんな遠くにいるんですし、ぼく、ひとりぼっちになってしまうじゃありませんか。」

「それはね。どうもしかたないのだ。もうきょうは、なにもいわないでくれ。そしておまえもね、どうしてもとらなければならないときのほかは、いたずらにおさかなをとったりしないようにしてくれ。ね。さよなら。」

「にいさん。どうしたんです。まあ、もうちょっとお待ちなさい。」

「いや、いつまでいてもおんなじだ。はちすずめへ、あとでよろしくいってやってくれ。さよなら。もうあわないよ。さよなら。」

よだかは泣きながら、じぶんのおうちへかえってまいりました。みじかい夏の夜《よ》は、もうあけかかっていました。

しだの葉は、夜《よ》あけのきりを吸って、青くつめたくゆれました。よだかは高く、きしきしきしと鳴きました。そして巣のなかをきちんとかたづけ、きれいにからだじゅうのはねや毛をそろえて、また巣から飛びだしました。

きりがはれて、お日さまがちょうど東からのぼりました。よだかは、ぐらぐらするほどまぶしいのをこらえて、矢のように、そっちへ飛んでいきました。

「お日さん、お日さん。どうぞわたしを、あなたのところへつれてってください。やけて死んでもかまいません。わたしのようなみにくいからだでも、やけるときには小さな光をだすでしょう。どうか、わたしをつれてってください。」

いってもいっても、お日さまは近くなりませんでした。かえってだんだん、小さく遠くなりながら、お日さまがいいました。

「おまえはよだかだな。なるほど、ずいぶんつらかろう。今夜そらを飛んで、星にそうたのんでごらん。おまえは、ひるの鳥ではないのだからな。」

よだかは、おじぎをひとつしたと思いましたが、きゅうにぐらぐらして、とうとう野原の草の上におちてしまいました。そして、まるでゆめを見ているようでした。からだがずうっと赤や黄の星のあいだをのぼっていったり、どこまでも風に飛ばされたり、またたかがきて、からだをつかんだりしたようでした。

つめたいものが、にわかに顔におちました。よだかは目をひらきました。一本のわかいすすきの葉から、つゆがしたたったのでした。もうすっかり夜になって、空は青ぐろく、いちめんの星がまたたいていました。よだかは空へ飛びあがりました。今夜も山焼けの火はまっかです。よだかはその火のかすかな照りと、つめたい星あかりのなかを飛びめぐりました。それから、もういっぺん飛びめぐりました。そしておもいきって、西の空のあのうつくしいオリオンの星のほうに、まっすぐに飛びながらさけびました。

「お星さん。西の青じろいお星さん。どうかわたしを、あなたのところへつれてってください。やけて死んでもかまいません。」

オリオンはいさましい歌をつづけながら、よだかなどは、てんであいてにしませんでした。よだかは泣きそうになって、よろよろとおちて、それからやっとふみとまって、もういっぺん飛びめぐりました。それから、南の大犬座《おおいぬざ》のほうへまっすぐに飛びながらさけびました。

「お星さん。南の青いお星さん。どうかわたしを、あなたのところへつれてってください。やけて死んでもかまいません。」

大犬《おおいぬ》は、青やむらさきや黄や、うつくしくせわしくまたたきながら、いいました。

「ばかをいうな。おまえなんか、いったいどんなものだい。たかが鳥じゃないか。おまえのはねでここまでくるには、億年兆年億兆年《おくねんちょうねんおくちょうねん》だ。」

そしてまた、べつのほうをむきました。

よだかはがっかりして、よろよろおちて、それからまた二へん飛びめぐりました。それからまたおもいきって、北の大熊星《おおぐまぼし》のほうへまっすぐに飛びながらさけびました。

「北の青いお星さま、あなたのところへ、どうかわたしをつれてってください。」

大熊星は、しずかにいいました。

「よけいなことを考えるものではない。すこし頭をひやしてきなさい。そういうときは、氷山《ひょうざん》のういている海のなかへ飛びこむか、近くに海がなかったら、氷をうかべたコップの水のなかへ飛びこむのが一等《いっとう》だ。」

よだかはがっかりして、よろよろおちて、それからまた、四へん空をめぐりました。そしてもういちど、東からいまのぼった、天《あま》の川《がわ》のむこう岸《ぎし》のわしの星にさけびました。

「東の白いお星さま、どうかわたしを、あなたのところへつれてってください。

やけて死んでもかまいません。」

わしは、大風《おおふう》にいいました。

「いいや、とてもとても、はなしにもなんにもならん。星になるには、それ相《そう》応《おう》の身分でなくちゃいかん。また、よほど金《かね》もいるのだ。」

よだかはもうすっかり力をおとしてしまって、はねをとじて、地におちていきました。そして、もう一尺《いっしゃく》（約三〇センチ）で地面にその弱い足がつくというとき、よだかはにわかに、のろしのように空へ飛びあがりました。空のなかほどへきて、よだかはまるで、わしが熊《くま》をおそうときするように、ぶるっとからだをゆすって毛をさかだてました。

それから、キシキシキシキシキシッと、高く高くさけびました。その声は、まるでたかでした。野原や林にねむっていたほかの鳥は、みんな目をさまして、ぶるぶるふるえながら、いぶかしそうに星空を見あげました。

よだかは、どこまでも、どこまでも、まっすぐに空へのぼっていきました。もう山焼けの火は、たばこのすいがらのくらいにしか見えません。よだかは、のぼってのぼっていきました。

寒さに、息はむねに白くこおりました。空気がうすくなったために、はねをそれはそれはせわしく、うごかさなければなりませんでした。

それだのに、星の大きさは、さっきとすこしもかわりません。つく息は、ふいごのようです。寒さやしもが、まるで剣《けん》のように、よだかをさしました。よだかは、はねがすっかりしびれてしまいました。そして、なみだぐんだ目をあげて、もういっぺん空を見ました。そうです。これが、よだかのさいごでした。もうよだかはおちているのか、のぼっているのか、さかさになっているのか、上をむいているのかも、わかりませんでした。ただこころもちはやすらかに、その血のついた大きなくちばしは、横にまがってはいましたが、たしかにすこしわらっておりました。

それからしばらくたって、よだかははっきり、まなこをひらきました。そして、じぶんのからだがいま、燐《りん》の火のような青いうつくしい光になって、しずかに燃えているのを見ました。

すぐとなりは、カシオピア座《ざ》でした。天《あま》の川《がわ》の青じろい光が、すぐうしろになっていました。

そして、よだかの星は燃えつづけました。いつまでもいつまでも燃えつづけました。

いまでもまだ燃えています。

〈宮沢賢治「よだかの星」
『セロ弾きのゴーシュ:宮沢賢治作品集』〈偕成社〉より〉

※原文の旧字体・旧かなづかい・送りがなは、現代のものに改めました。

「あのころ」をふりかえる

■宮沢賢治《みやざわけんじ》

一八九六（明治二十九）年、岩手県花巻《はなまき》に生まれた童話作家・詩人。一九三三（昭和八）年に三十七歳で亡くなるまでに、「注文の多い料理店」、「グスコーブドリの伝記」、「セロひきのゴーシュ」など、数多くの作品を残した。ただし、生前に刊行されたのは、詩集『春と修羅《しゅら》』と、「イーハトヴ童話」の副題がついた童話集『注文の多い料理店』という、二作品のみだった。

「よだかの星」は、小学五・六年生、中学一年生の教科書に採録され、授業では、次のような指導が行われた。

・作品を読んで感じたことを話し合う。

・物語に出てくる鳥たちが、よだかに対してどのような態度をとったのかを読み取る。

・よだかが、最後に少し笑っていたのはどうしてかを考える。

挨拶

原爆の写真によせて

――石垣りん

挨拶　原爆の写真によせて　石垣りん

あ、
この焼けただれた顔は
一九四五年八月六日
その時広島にいた人
二五万の焼けただれのひとつ

すでに此《こ》の世にないもの

とはいえ
友よ

向き合った互《たがい》の顔を
も一度見直そう
戦火の跡もとどめぬ
すこやかな今日の顔
すがすがしい朝の顔を

その顔の中に明日の表情をさがすとき
私《わたし》はりつぜんとするのだ

地球が原爆を数百個所持して
生と死のきわどい淵《ふち》を歩くとき
なぜそんなにも安らかに
あなたは美しいのか

しずかに耳を澄ませ
何かが近づいてきはしないか
見きわめなければならないものは目の前に
えり分けなければならないものは
手の中にある
午前八時一五分は
毎朝やってくる

一九四五年八月六日の朝
一瞬にして死んだ二五万人の人すべて
いま在る
あなたの如《ごと》く　私の如く
やすらかに　美しく　油断していた。

（石垣りん「挨拶」
『現代詩文庫・46　石垣りん詩集』〈思潮社〉より）

「あのころ」をふりかえる

■石垣《いしがき》りん

一九二〇（大正九）年～二〇〇四（平成十六）年。東京都出身の詩人。小説やエッセイも執筆した。日本興業銀行に勤めながら、一九三八（昭和十三）年に創刊した同人誌「断層」で活躍した。代表的な詩集に『私の前にある鍋《なべ》とお釜《かま》と燃える火と』、『表札など』、『略歴』などがある。

「挨拶《あいさつ》—原爆の写真によせて」は、中学三年生の教科書に採録され、授業では、次のような指導が行われた。

・何回も出てくる「顔」は、それぞれ誰の「顔」を表現しているのかを考える。

・第六連の「午前八時一五分は／毎朝やってくる」という表現に、作者がどんな意味を込めているかを考える。

・最終連で使われている「油断」の意味について、考える。

・この詩の中で、作者はどんなことを考え、伝えようとしたのか、自分の意見を述べる。

少年の日の思い出

ヘルマン・ヘッセ
高橋健二 訳

客は夕方の散歩から帰って、私の書斎で私のそばにこしかけていた。昼間の明るさは消えうせようとしていた。窓の外には、色あせた湖が、丘の多い岸に鋭くふちどられて、遠くかなたまでひろがっていた。ちょうど、私の末の男の子が、おやすみを言ったところだったので、私たちは子どもや幼い日の思い出について話しあった。

「子どもができてから、自分の幼年時代のいろいろの習慣や楽しみごとがまたよみがえってきたよ。それどころか、一年前から、ぼくはまた、チョウチョ集めをやっているよ。お目にかけようか」と私は言った。

彼が見せてほしいと言ったので、私は収集のはいっている軽い厚紙の箱を取りにいった。最初の箱をあけて見て初めて、もうすっかり暗くなっているのに気づき、私はランプを取ってマッチをすった。すると、たちまち外の景色はやみに沈んでしまい、窓いっぱいに不透明な青い夜色に閉ざされてしまった。

私のチョウチョは、明るいランプの光を受けて、箱の中から、きらびやかに光りかがやいた。私たちはその上にからだをかがめて、美しい形や濃いみごとな色をながめ、チョウの名まえを言った。

「これはワモンキシタバ（輪紋黄下翅）という蛾《が》で、ラテン名はフルミネア。ここらではごく珍しいやつだ」と私は言った。

友人は一つのチョウを、ピンのついたまま、箱の中から用心ぶかく取りだし、羽の裏がわを見た。

「妙なものだ。チョウチョを見るくらい、幼年時代の思い出を強くそそられるものはない。ぼくは小さい少年のころ熱情的な収集家だったものだ」と彼は言った。


そしてチョウチョをまたもとの場所に刺し、箱のふたを閉じて、「もう、結構」と言った。

その思い出が不愉快ででもあるかのように、彼は口ばやにそう言った。その直後、私が箱を

しまってもどって来ると、彼は微笑して、巻きたばこを私に求めた。「悪く思わないでくれたまえ」と、それから彼は言った。「君の収集をよく見なかったけれど。ぼくも子どものとき、むろん、収集していたのだが、残念ながら、自分でその思い出をけがしてしまった。実際話すのも恥ずかしいことだが、ひとつ聞いてもらおう」

彼はランプのほやの上でたばこに火をつけ、緑色のかさをランプにのせた。すると、私たちの顔は、快いうすくらがりのなかに沈んだ。彼が開いた窓のふちにこしかけると、彼の姿は、外のやみからほとんど見わけがつかなかった。私は葉巻きを吸った。外では、カエルが遠くからかん高く、やみ一面に鳴いていた。友人はそのあいだに次のように語った。

「ぼくは、八つか九つのとき、チョウチョ集めを始めた。はじめは特別熱心でもなく、ただはやりだったので、やっていたまでだった。ところが、十歳ぐらいになった二度めの夏には、ぼくは全くこの遊戯のとりこになり、ひどく心を打ち込んでしまい、そのためほかのことはすっかりすっぽかしてしまったので、みんなは何度もぼくにそれをやめさせなければなるまい、と考えたほどだった。チョウをとりに出かけると、学校の時間だろうが、お昼ご飯だろうが、もう塔の時計が鳴るのなんか、耳にはいらなかった。休暇になると、パンを一きれ胴乱に入れて、朝早くから夜まで、食事になんか帰らないで、駆け歩くことがたびたびあった。

今でも美しいチョウチョを見ると、折り折りあの熱情が身にしみて感じられる。そういう場合、ぼくはしばしのあいだ、子どもだけが感じることのできる、あのなんともいえぬ、むさぼるような、うっとりした感じにおそわれる。少年のころ、はじめてキアゲハにしのびよった、あのとき味わった気持ちだ。また、そういう場合、ぼくはすぐに幼い日の無数の瞬間を思い浮べるのだ。強くにおう乾いた荒野のやきつくような昼さがり、庭の中の涼しい朝、神秘的な森のはずれの夕方、ぼくはまるで宝をさがす人のように、網をもって待ちぶせていたものだ。そして美しいチョウを見つけると、特別に珍しいのでなくったってかまわない、日なたの花にとまって、色のついた羽を呼吸とともにあげさげしているのを見つけると、捕える喜びに息もつまりそうになり、しだいにしのびよって、かがやいている色の斑点《はんてん》の一つ一つ、すきとおった羽の脈の一つ一つ、触角の細いとび色の毛の一つ一つが見えてくると、その緊張と歓喜ときたら、なかった。そうした微妙な喜びと、激しい欲望との入りまじった気持ちは、その後、そうたびたび感じたことはなかった。

ぼくの両親はりっぱな道具なんかくれなかったから、ぼくは自分の収集を、古いつぶれたボール紙の箱にしまっておかねばならなかった。びんのせんから切りぬいた丸いキルクを底にはりつけ、ピンをそれにとめた。こうした箱のつぶれた壁のあいだに、ぼくは自分の宝物をしまっていた。初めのうち、ぼくは自分の収集を喜んでたびたび仲間に見せたが、ほかのものはガラスのふたのある木箱や、緑色のガーゼをはった飼育箱や、その他ぜいたくなものを持っていたので、自分の幼稚な設備を自慢することなんかできなかった。それどころか、重大で、評判になるような発見物や獲物があっても、ないしょにし、自分の妹たちだけに見せる習慣になった。あるとき、ぼくは、ぼくらのところでは珍しい青いコムラサキを捕えた。それを展翅《てんし》し、乾いたときに、得意のあまり、せめて隣の子どもにだけは見せよう、という気になった。それは、中庭の向うに住んでいる先生のむすこだった。この少年は、非のうちどころがないという悪徳を持っていた。それは子どもとしては二倍も気味悪い性質だった。彼の収集は小さく貧弱だったが、小ぎれいなのと、手入れの正確な点で一つの宝石のようなものになっていた。彼はそのうえ、いたんだりこわれたりしたチョウの羽を、にかわでつぎあわすという、非常にむずかしい珍しい技術を心得ていた。とにかく、あらゆる点で、模範少年だった。そのため、ぼくはねたみ、嘆賞しながら彼をにくんでいた。

この少年にコムラサキを見せた。彼は専門家らしくそれを鑑定し、その珍しいことを認め、二十ペニヒぐらいの現金の値打ちはある、と値ぶみした。しかしそれから、彼はなんくせをつけ始め、展翅の仕方が悪いとか、右の触角が曲っているとか、左の触角が伸びているとか言い、そのうえ、足が二本かけているという、もっともな欠陥を発見した。ぼくはその欠点をたいしたものとは考えなかったが、こっぴどい批評家のため、自分の獲物に対する喜びはかなり傷つけられた。それでぼくは二度と彼に獲物を見せなかった。

二年たって、ぼくたちは、もう大きな少年になっていたが、ぼくの熱情はまだ絶頂にあった。そのころ、あのエーミールがヤママユガをサナギからかえしたといううわさがひろまった。今日、ぼくの知人のひとりが、百万マークを受けついだとか、歴史家リヴィウスのなくなった本が発見されたとかいうことを聞いたとしても、そのときほどぼくは興奮しないだろう。ぼくたちの仲間で、ヤママユガを捕えたものはまだなかった。ぼくは自分の持っていた古いチョウの本のさし絵で見たことがあるだけだった。名まえを知っていながら自分の箱にまだないチョウの中で、ヤママユガほどぼくが熱烈にほしがっていたものはなかった。いくどとなくぼくは本の中のあのさし絵をながめた。ひとりの友だちはぼくにこう語った。『トビ色のこのチョウが、木の幹や岩にとまっているところを、鳥や他の敵が攻撃しようとすると、チョウはたたんでいる黒みがかった前羽をひろげ、美しいうしろ羽を見せるだけだが、その大きな光る斑点は非常に不思議な思いがけぬ外観を呈するので、鳥は恐れをなして、手だしをやめてしまう』と。

エーミールがこの不思議なチョウを持っているということを聞くと、ぼくはすっかり興奮してしまって、それが見られるときの来るのが待ちきれなくなった。食後、外出ができるようになると、すぐぼくは中庭を越えて、隣の家の四階にのぼっていった。そこに例の先生のむすこは、小さいながら自分だけのへやを持っていた。それがぼくにはどのくらいうらやましかったかわからない。途中でぼくは、だれにも会わなかった。上にたどりついて、へやの戸をノックしたが、返事がなかった。エーミールはいなかったのだ。ドアのハンドルをまわしてみると、入口はあいていることがあった。

せめて例のチョウを見たいと、ぼくは中にはいった。そしてすぐに、エーミールが、収集をしまっている二つの大きな箱を手に取った。どちらの箱にも見つからなかったが、やがて、そのチョウはまだ展翅板《てんしばん》にのっているかもしれないと思いついた。はたしてそこにあった。トビ色のビロードの羽を細長い紙きれにはりのばされて、ヤママユガは展翅板《てんしばん》にとめられていた。ぼくはその上にかがんで、毛のはえた赤茶色の触角や、優雅で、はてしなく微妙な色をした羽のふちや、下羽の内がわのふちにある細い羊毛のような毛などを残らず、間近かにながめた。あいにくあの有名な斑点《はんてん》だけは見られなかった。細長い紙きれの下になっていたのだ。

胸をどきどきさせながら、ぼくは誘惑にまけて、紙きれを取りのけ、ピンをぬいた。すると、四つの大きな不思議な斑点が、さし絵のよりはずっと美しく、ずっとすばらしく、ぼくを見つめた。それを見ると、この宝を手にいれたいという逆らいがたい欲望を感じて、ぼくは生れてはじめて盗みをおかした。ぼくは針をそっと引っぱった。チョウはもう乾いていたので、形はくずれなかった。ぼくはそれを手のひらにのせて、エーミールのへやから持ちだした。そのときさしずめぼくは、大きな満足感のほか何も感じていなかった。

チョウを右手にかくして、ぼくは階段をおりた。そのときだ。下のほうからだれかぼくの方にあがってくるのが聞えた。その瞬間にぼくの良心は目ざめた。

ぼくは突然、自分は盗みをした、下劣なやつだということを悟った。同時に見つかりはしないか、という恐ろしい不安におそわれて、ぼくは本能的に、獲物をかくしていた手を、上着のポケットに突っこんだ。ゆっくりとぼくは歩きつづけたが、大それた恥ずべきことをしたという、つめたい気持ちにふるえていた。あがってきた女中と、びくびくしながらすれちがってから、ぼくは胸をどきどきさせ、額に汗をかき、おちつきを失い、自分自身におびえながら、家の入口に立ちどまった。

すぐにぼくは、このチョウを持っていることはできない、持っていてはならない、元に返して、できるなら何事もなかったようにしておかねばならない、と悟った。そこで、人に出くわして見つかりはしないか、ということを極度に恐れながらも、急いで引き返し、階段を駆けあがり、一分の後にはまたエーミールのへやの中に立っていた。ぼくはポケットから手をだし、チョウを机の上においた。それをよく見ないうちに、ぼくはもうどんな不幸が起ったかということを知った。そして泣かんばかりだった。ヤママユガはつぶれてしまったのだ。

前羽が一つと触角が一本なくなっていた。ちぎれた羽を用心ぶかくポケットから引き出そうとすると、羽はばらばらになっていて、つくろうことなんか、もう思いもよらなかった。

盗みをしたという気持ちより、自分がつぶしてしまった美しい珍しいチョウを見ているほうが、ぼくの心を苦しめた。微妙なトビ色がかった羽の粉が、自分の指にくっついているのを、ぼくは見た。また、ばらばらになった羽がそこにころがっているのを見た。それをすっかり元どおりにすることができたら、ぼくはどんな持ち物でも楽しみでも、よろこんで投げ出したろう。

悲しい気持ちでぼくは家に帰り、夕方までうちの小さい庭の中にこしかけていたが、ついにいっさいを母にうちあける勇気を起した。母は驚き悲しんだが、すでにこの告白が、どんな罰をしのぶことより、ぼくにとって、つらいことだったということを感じたらしかった。

『お前は、エーミールのところに、行かねばなりません』と母はきっぱりと言った。『そして、自分でそう言わなくてはなりません。それよりほかに、どうしようもありません。お前の持っている物のうちから、どれかを埋めあわせによりぬいてもらうように、申し出るのです。そして許してもらうように頼まねばなりません』

あの模範少年でなくて、ほかの友だちだったら、すぐにそうする気になれただろう。彼がぼくの言うことをわかってくれないし、おそらく全然信じようともしないだろうということを、ぼくは前もって、はっきり感じていた。かれこれ夜になってしまったが、ぼくは出かける気になれなかった。母はぼくが中庭にいるのを見つけて、『きょうのうちでなければなりません。さあ、行きなさい！』と小声で言った。それでぼくは出かけて行き、エーミールは、とたずねた。彼は出てきて、すぐに、だれかがヤママユガを台無しにしてしまった。悪いやつがやったのか、あるいはネコがやったのかわからない、と語った。ぼくはそのチョウを見せてくれと頼んだ。ふたりは上にあがっていった。彼はロウソクをつけた。ぼくは台無しになったチョウが展翅板《てんしばん》の上にのっているのを見た。エーミールがそれをつくろうために努力したあとが認められた。こわれた羽は丹念にひろげられ、ぬれた吸取り紙の上におかれてあった。しかしそれはなおすよしもなかった。触角もやはりなくなっていた。そこで、それはぼくがやったのだと言い、詳しく話し、説明しようとこころみた。

するとエーミールは激したり、ぼくをどなりつけたりなどはしないで、低く、ちえっと舌を鳴らし、しばらくじっとぼくを見つめていたが、それから『そうか、そうか、つまり君はそんなやつなんだな』と言った。

ぼくは彼にぼくのおもちゃをみんなやると言った。それでも彼は冷淡にかまえ、依然ぼくをただけいべつ的に見つめていたので、ぼくは自分のチョウの収集を全部やると言った。しかし彼は、『結構だよ。ぼくは君の集めたやつはもう知っている。そのうえ、きょうまた、君がチョウをどんなに取り扱っているか、ということを見ることができたさ』と言った。

その瞬間、ぼくはすんでのところであいつののどぶえに飛びかかるところだった。もうどうにもしようがなかった。ぼくは悪漢だということにきまってしまい、エーミールはまるで世界のおきてを代表でもするかのように、冷然と、正義をたてに、あなどるように、ぼくの前に立っていた。彼はののしりさえしなかった。ただぼくをながめて、けいべつしていた。

そのときはじめてぼくは、一度起きたことは、もう償いのできないものだということを悟った。ぼくは立ち去った。母が根ほり葉ほり聞こうとしないで、ぼくにキスだけして、かまわずにおいてくれたことをうれしく思った。ぼくは、床におはいり、と言われた。ぼくにとってはもう遅い時刻だった。だが、その前にぼくは、そっと食堂に行って、大きなトビ色の厚紙の箱を取って来、それを寝台の上にのせ、やみの中で開いた。そしてチョウチョを一つ一つ取り出し、指でこなごなにおしつぶしてしまった」

（ヘルマン・ヘッセ　高橋健二訳「少年の日の思い出」
『ヘルマン・ヘッセ全集第2巻』〈新潮社〉より）

「あのころ」をふりかえる

■ヘルマン・ヘッセ

一八七七年〜一九六二年。ドイツのプロテスタントの牧師の家庭に生まれた小説家・詩人。牧師になるため神学校に入学するが、まもなく退学。第一次世界大戦中に公然と戦争を非難し、一九二三年、スイス国籍を取得した。一九四六年、ノーベル文学賞を受賞。代表作は、「車輪の下」、「郷愁《きょうしゅう》」、「デミアン」など。

訳者の高橋健二《たかはしけんじ》は、一九〇二（明治三十五）〜一九九八（平成十）年のドイツ文学者。ヘッセやエーリッヒ・ケストナーの翻訳者として知られる。

「少年の日の思い出」は、中学一年生の教科書に採録され、授業では、次のような指導が行われた。

・場面の展開に沿って、登場人物の行動と心情をとらえる。
・自分が犯した過ちに対して悩む姿が、作品の主題とどのように結び付いているかとらえる。

オツベルとぞう

宮沢賢治

……ある牛飼《うしか》いがものがたる

第一日曜《にちよう》

オツベルときたら、たいしたもんだ。稲《いね》こき器械の六台もすえつけて、のんのんのんのんのんのんと、大《おお》そろしない音(たいへん大きな音)をたてている。十六人の百姓《ひやくしょう》どもが、顔をまるっきりまっかにして、足でふんで器械をまわし、小山のように積まれた稲をかたっぱしからこいていく。わらはどんどんうしろのほうへ投げられて、またあたらしい山になる。そこらは、もみやわらからたったこまかなちりで、へんにぼうっと黄いろになり、まるで砂漠《さばく》のけむりのようだ。

そのうすくらい仕事場を、オツベルは、大きなこはくのパイプをくわえ、すいがらをわらにおとさないよう、目を細くして気をつけながら、両手をせなかに組みあわせて、ぶらぶら、いったりきたりする。

小屋はずいぶんがんじょうで、学校ぐらいもあるのだが、なにせ新式稲こき器械が、六台もそろってまわってるから、のんのんのんのんふるう(ふるえる)のだ。なかにはいるとそのために、すっかり腹がすくほどだ。そしてじっさいオツベルは、そいつでじょうずに腹をへらし、ひるめしどきには、六寸(約一八センチ)ぐらいのビフテキだの、ぞうきんほどあるオムレツの、ほくほくしたのをたべるのだ。

とにかく、そうして、のんのんのんのん、やっていた。

そしたらそこへどういうわけか、その、白《はく》ぞうがやってきた。白いぞうだぜ、ペンキをぬったのでないぜ。どういうわけで、きたかって? そいつはぞうのことだから、たぶんぶらっと森をでて、ただなにとなくきたのだろう。

そいつが小屋の入《い》り口《くち》に、ゆっくり顔をだしたとき、百姓どもはぎょっとした。なぜぎょっとした? よくきくねえ、なにをしだすか知れないじゃないか。かかりあってはたいへんだから、どいつもみな、いっしょうけんめい、じぶんの稲をこいていた。

ところがそのときオツベルは、ならんだ器械のうしろのほうで、ポケットに手をいれながら、ちらっとするどく、ぞうを見た。それからすばやく下をむき、なんでもないというふうで、いままでどおりいったりきたりしていたもんだ。するとこんどは白《はく》ぞうが、片あし床《ゆか》にあげたのだ。百姓どもはぎょっとした。それでも仕事がいそがしいし、かかりあってはひどいから、そっちを見ずに、やっぱり稲をこいていた。

オツベルは、奥《おく》のうすくらいところで、両手をポケットからだして、もいちどちらっと、ぞうを見た。それからいかにもたいくつそうに、わざと大きなあくびをして、両手を頭のうしろに組んで、いったりきたりやっていた。ところがぞうが威勢《いせい》よく、前足ふたつつきだして、小屋にあがってこようとする。百姓どもはぎくっとし、オツベルもすこしぎょっとして、大きなこはくのパイプから、ふっとけむりをはきだした。それでもやっぱり知らないふうで、ゆっくりそこらをあるいていた。

そしたらとうとう、ぞうがのこのこあがってきた。そして器械の前のとこを、のんきにあるきはじめたのだ。

ところがなにせ、器械はひどくまわっていて、もみは夕立かあられのように、パチパチぞうにあたるのだ。ぞうはいかにもうるさいらしく、小さなその目を細めていたが、またよく見ると、たしかにすこしわらっていた。

オツベルはやっと覚悟《かくご》をきめて、稲こき器械の前にでて、ぞうに話をしようとしたが、そのときぞうが、とてもきれいな、うぐいすみたいないい声で、こんなもんくをいったのだ。

「ああ、だめだ。あんまりせわしく、砂がわたしの歯にあたる。」

まったくもみは、パチパチパチパチ歯にあたり、またまっしろな頭や首にぶっつかる。

さあ、オツベルはいのちがけだ。パイプを右手にもちなおし、度胸をすえてこういった。

「どうだい、ここはおもしろいかい。」

「おもしろいねえ。」

ぞうがからだをななめにして、目を細くして返事した。

「ずうっとこっちにいたらどうだい。」

百姓どもははっとして、息をころしてぞうを見た。オツベルは、いってしまってから、にわかにがたがたふるえだす。ところがぞうはけろりとして、

「いてもいいよ」とこたえたもんだ。

「そうか。それではそうしよう。そういうことにしようじゃないか。」

オツベルが顔をくしゃくしゃにして、まっかになってよろこびながらそういった。

どうだ、そうしてこのぞうは、もうオツベルの財産だ。いまにみたまえ、オツベルは、あの白《はく》ぞうを、はたらかせるか、サーカス団に売りとばすか、どっちにしても万円いじょう、もうけるぜ。

第二日曜《にちよう》

オツベルときたら、たいしたもんだ。それにこのまえ稲こき小屋で、うまくじぶんのものにした、ぞうもじっさいたいしたもんだ。力も二十馬力《ばりき》もある。だいいち、見かけがまっしろで、きばはぜんたい、きれいなぞうげでできている。皮もぜんたい、りっぱでじょうぶなぞう皮なのだ。そしてずいぶんはたらくもんだ。けれどもそんなにかせぐのも、やっぱり主人がえらいのだ。

「おい、おまえは時計はいらないか。」

丸太《まるた》でたてた、そのぞう小屋の前にきて、オツベルはこはくのパイプをくわえ、顔をしかめてこうきいた。

「ぼくは時計はいらないよ。」

ぞうがわらって返事した。

「まあもってみろ、いいもんだ。」

こういいながらオツベルは、ブリキでこさえた大きな時計を、ぞうの首からぶらさげた。

「なかなかいいね。」

ぞうもいう。

「くさりもなくちゃだめだろう。」

オツベルときたら、百キロもあるくさりをさ、その前足にくっつけた。

「うん、なかなかくさりはいいね。」

三足《みあし》あるいて、ぞうがいう。

「くつをはいたらどうだろう。」

「ぼくは、くつなどはかないよ。」

「まあはいてみろ、いいもんだ。」

オツベルは顔をしかめながら、赤い張子《はりこ》の大きなくつを、ぞうのうしろのかかとにはめた。

「なかなかいいね。」

ぞうもいう。

「くつにかざりをつけなくちゃ。」

オツベルはもう大いそぎで、四百キロある分銅《ふんどう》を、くつの上から、はめこんだ。

「うん、なかなかいいね。」

ぞうは二足《ふたあし》あるいてみて、さもうれしそうにそういった。

つぎの日、ブリキの大きな時計と、やくざな紙のくつとはやぶけ、ぞうはくさりと分銅だけで、大よろこびであるいておった。

「すまないが税金も高いから、きょうはすこうし、川から水をくんでくれ。」

オツベルは両手をうしろで組んで、顔をしかめてぞうにいう。

「ああ、ぼく水をくんでこよう。もう何ばいでもくんでやるよ。」

ぞうは目を細くしてよろこんで、そのひるすぎに五十だけ、川から水をくんできた。そして菜《な》っ葉《ぱ》の畑にかけた。

夕方、ぞうは小屋にいて、十ぱのわらをたべながら、西の三日《みっか》の月を見て、

「ああ、かせぐのはゆかいだねえ、さっぱりするねえ。」

といっていた。

「すまないが、税金がまたあがる。きょうはすこうし森から、たきぎをはこんでくれ。」

オツベルは、ふさのついた赤いぼうしをかぶり、両手をかくし（ポケット）につっこんで、つぎの日ぞうに、そういった。

「ああ、ぼくたきぎをもってこよう。いい天気だねえ。ぼくはぜんたい、森へいくのは大すきなんだ。」

ぞうは、わらってこういった。

オツベルはすこしぎょっとして、パイプを手からあぶなくおとしそうにしたが、もうあのときは、ぞうがいかにもゆかいなふうで、ゆっくりあるきだしたので、また安心してパイプをくわえ、小さなせきをひとつして、百姓どもの仕事のほうを見にいった。

そのひるすぎの半日に、ぞうは九百ぱたきぎをはこび、目を細くしてよろこんだ。

ばんがた、ぞうは小屋にいて、八わのわらをたべながら、西の四日《よっか》の月を見て、

「ああ、せいせいした。サンタマリア。」

と、こうひとりごとしたそうだ。

そのつぎの日だ、

「すまないが、税金が五倍になった、きょうはすこうし鍛冶場《かじば》へいって、炭火を吹《ふ》いてくれないか。」

「ああ、吹いてやろう。本気でやったら、ぼく、もう、息で、石も投げとばせるよ。」

オツベルはまたどきっとしたが、気をおちつけてわらっていた。

ぞうは、のそのそ鍛冶場へいって、べたんと足をおってすわり、ふいごのかわりに半日炭を吹いたのだ。

そのばん、ぞうはぞう小屋で、七わのわらをたべながら、空の五日《いつか》の月を見て、

「ああ、つかれたな、うれしいな、サンタマリア。」

と、こういった。

どうだ、そうしてつぎの日から、ぞうは朝からかせぐのだ。わらも、きのうはただ五わだ。よくまあ、五わのわらなどで、あんな力がでるもんだ。

じっさい、ぞうはけいざい（経済的）だよ。それというのもオッベルが、頭がよくてえらいためだ。オッベルときたら、たいしたもんさ。

第五日曜《にちよう》

オッベルかね、そのオッベルは、おれもいおうとしてたんだが、いなくなったよ。

まあ、おちついてききたまえ。まえに話したあのぞうを、オッベルはすこしひどくしすぎた。しかたがだんだんひどくなったから、ぞうがなかなかわらわなくなった。ときには赤い竜《りゅう》の目をして、じっとこんなにオッベルを見おろすようになってきた。

あるばん、ぞうはぞう小屋で、三ばのわら

をたべながら、十日《とおか》の月をあおぎ見て、

「苦しいです。サンタマリア。」

といったということだ。

こいつをきいたオツベルは、ことごと、ぞうにつらくした。

あるばん、ぞうはぞう小屋で、ふらふらたおれて地《じ》べたにすわり、わらもたべずに、十一日の月を見て、

「もう、さようなら、サンタマリア。」

と、こういった。

「おや、なんだって？　さよならだ？」

月がにわかに、ぞうにきく。

「ええ、さよならです。サンタマリア。」

「なんだい、なりばかり大きくて、からっきしいくじのないやつだなあ。なかまへ手紙を書いたらいいや。」

月がわらって、こういった。

「お筆も紙もありませんよう。」

ぞうは、ほそうい、きれいな声で、しくしくしくしく泣きだした。

「そら、これでしょう。」

すぐ目の前で、かわいい子どもの声がした。ぞうが頭をあげて見ると、赤いきものの童子《どうじ》が立って、すずりと紙をささげていた。ぞうはさっそく手紙を書いた。

「ぼくはずいぶん、めにあっている（ひどいめにあっている）。みんなででてきて、たすけてくれ。」

童子はすぐに手紙をもって、林のほうへあるいていった。

赤衣《せきい》の童子が、そうして山についたのは、ちょうどひるめしごろだった。このとき山のぞうどもは、沙羅樹《さらじゅ》（インドにはえる常緑の高木）の下のくらがりで、碁《ご》などをやっていたのだが、ひたいをあつめてこれを見た。

「ぼくはずいぶん、めにあっている。みんなででてきて、たすけてくれ。」

ぞうはいっせいに立ちあがり、まっくろになってほえだした。

「オツベルをやっつけよう。」

議長のぞうが高くさけぶと、

「おう、でかけよう。グララアガア、グララアガア。」

みんながいちどに呼応《こおう》する。

さあ、もうみんな、あらしのように林のなかをなきぬけて、グララアガア、グララアガア、野原のほうへとんでいく。どいつもみんなきちがいだ。小さな木などは根こぎになり、やぶやなにかもめちゃめちゃだ。グワア　グワア　グワア、グワア、花火みたいに野原のなかへとびだした。それから、なんの、走って、走って、とうとうむこうの青くかすんだ野原のはてに、オツベルのやしきの黄いろな屋根を見つけると、ぞうはいちどに噴火《ふんか》した。

グララアガア、グララアガア。そのときはちょうど一時半、オツベルは皮の寝台《しんだい》の上でひるねのさかりで、からすのゆめを見ていたもんだ。あまり大きな音なので、オツベルのうちの百姓どもが、門からすこし外へでて、小手《こて》をかざしてむこうを見た。林のようなぞうだろう。汽車よりはやくやってくる。さあ、まるっきり、血《ち》の気《け》もうせて、おしよせやした。だんなあ、ぞうです。」
「だんなあ、ぞうです。おしよせやした。だんなあ、ぞうです。」

と、声をかぎりにさけんだもんだ。

ところがオツベルは、やっぱりえらい。目をぱっちりとあいたときは、もうなにもかもわかっていた。

「おい、ぞうのやつは小屋にいるのか。いる？　いる？　いるのか。よし、戸をしめろ。戸をしめるんだよ。はやく、ぞう小屋の戸をしめるんだ。ようし、はやく丸太をもってこい。とじこめちまえ、ちくしょうめ、じたばたしやがるな、丸太をそこへしばりつけろ。なにができるもんか。わざと力をへらしてあるんだ。ようし、もう五、六本もってこい。さあ、だいじょうぶだ。だいじょうぶだとも。あわてるなったら。おい、みんな、こんどは門だ。門をしめろ。かんぬきをかえ。つっぱり。つっぱり。そうだ。おい、みんな心配するなったら。しっかりしろよ。」

オツベルはもうしたくができて、ラッパみたいないい声で、百姓どもをはげました。ところがどうして、百姓どもは気が気じゃない。こんな主人にまきぞいなんぞくいたくないから、みんなタオルやハンケチや、よごれたような白いようなものを、ぐるぐるうでにまきつける。こうさんをするしるしなのだ。

オツベルはいよいよやっきとなって、そこらあたりをかけまわる。オツベルの犬も気がたって、火のつくようにほえながら、やしきのなかをはせまわる。まもなく地面はぐらぐらとゆられ、そこらはばしゃばしゃ暗くなり、ぞうはやしきをとりまいた。グララアガア、グララアガア、そのおそろしいさわぎのなかから、

「いまたすけるから、安心しろよ。」

やさしい声もきこえてくる。

「ありがとう。よくきてくれて、ほんとにぼくはうれしいよ。」

ぞう小屋からも声がする。

さあ、そうすると、まわりのぞうは、いっそうひどく、グララアガア、グラ

ラアガア、へいのまわりをぐるぐる走っているらしく、たびたびなかから、おこってふりまわす鼻も見える。けれどもへいはセメントで、なかには鉄もはいっているから、なかなかぞうもこわせない。へいのなかにはオツベルが、たったひとりでさけんでいる。百姓どもは目もくらみ、そこらをうろうろするだけだ。

　そのうち外のぞうどもは、なかまのからだを台にして、いよいよへいを越《こ》しかかる。だんだん、にゅうと顔をだす。そのしわくちゃで灰いろの、大きな顔を見あげたとき、オツベルの犬は気絶した。さあ、オツベルは射《う》ちだした。六連発のピストルさ。ドーン、グララアガア、ドーン、グララアガア、ドーン、グララアガア、ところがたまはとおらない。きばにあたればはねかえる。一ぴきなぞはこういった。

「なかなかこいつは、うるさいねえ。ぱちぱち顔へあたるんだ。」

　オツベルはいつかどこかで、こんなもんくをきいたようだと思いながら、ケースをおびからつめかえた。そのうち、ぞうの片足が、へいからこっちへはみだした。それから、もひとつはみだした。五ひきのぞうがいっぺんに、へいからどっとおちてきた。オツベルはケースをにぎったまま、もうくしゃくしゃにつぶれていた。はやくも門があいていて、グララアガア、グララアガア、ぞうがどしどしなだれこむ。

「牢《ろう》はどこだ。」

みんなは小屋におしよせる。丸太なんぞは、マッチのようにへしおられ、あの白《はく》ぞうはたいへんやせて小屋をでた。

「まあ、よかったね、やせたねえ。」

みんなはしずかにそばにより、くさりと銅をはずしてやった。

「ああ、ありがとう。ほんとにぼくはたすかったよ。」

白ぞうは、さびしくわらってそういった。

おや、□*、川へはいっちゃいけないったら。

*原文、一字不明。語り手の牛飼《うしか》いが、だれかに呼びかけたことばと思われる。

（宮沢賢治「オツベルとぞう」

『セロ弾きのゴーシュ：宮沢賢治作品集』〈偕成社〉より）

※原文の旧字体・旧かなづかい・送りがなは、現代のものに改めました。

※本作品の中に、今日では使われない表現があります。編集部では、偏見や差別につながらないよう表現に十分な配慮をしていますが、作品の文学性や描かれた時代背景等を考慮して原文のまま掲載いたしました。

「あのころ」をふりかえる

□オツベルとぞう

純真で素直な白象が、ずる賢いオツベルによって、純粋に働くことの喜びを失い、心身ともに傷ついていく姿が描かれている童話である。中学一年生の教科書に採録され、授業では、次のような指導が行われた。

・牛飼いとオツベルの関係が、話の展開に沿ってどのように変化しているかとらえる。

・語り手である牛飼いが、オツベルと白象をどう見ているかがわかる表現に注目し、その変化をとらえる。

・白象の食べるわらの束の数の変化と白象の様子の変化をとらえる。

・擬声語や擬態語、比喩などの表現方法を使い、動きの激しさや勢いがどのように表現されているかに注目する。

・結末部分の白象の様子から、心情をとらえる。

高瀬舟

森鷗外

高瀬舟《たかせぶね》は京都の高瀬川を上下する小舟である。徳川時代に京都の罪人が遠島《えんとう》を申し渡されると、本人の親類が牢屋敷《ろうやしき》へ呼び出されて、そこで暇乞《いとまごい》をすることを許された。それから罪人は高瀬舟に載せられて、大阪へ廻《まわ》されることであった。それを護送するのは、京都町奉行《まちぶぎょう》の配下にいる同心《どうしん》で、此《この》同心は罪人の親類の中で、主立《おもだ》った一人を大阪まで同船させることを許す慣例であった。これは上《かみ》へ通った事ではないが、所謂《いわゆる》大目に見るのであった、黙許《もっきょ》であった。

当時遠島を申し渡された罪人は、勿論《もちろん》重い科《とが》を犯したものと認められた人ではあるが、決して盗《ぬすみ》をするために、人を殺し火を放ったと云《い》うような、獰悪《どうあく》な人物が多数を占めていたわけではない。高瀬舟に乗る罪人の過半は、所謂心《こころ》得違《えちがい》のために、想《おも》わぬ科を犯した人であった。有り触《ふ》れた例を挙げて見れば、当時相対死《あいたいし》と云った情死を謀《はか》って、相手の女を殺して、自分だけ活《い》き残った男と云うような類《たぐい》である。

そう云う罪人を載せて、入相《いりあい》の鐘の鳴る頃に漕《こ》ぎ出された高瀬舟は、黒ずんだ京都の町の家々を両岸に見つつ、東へ走って、加茂川《かもがわ》を横ぎって下るのであった。此舟の中で、罪人と其《その》親類の者とは夜どおし身の上を語り合う。いつもいつも悔やんでも還《かえ》らぬ繰言《くりごと》である。護送の役をする同心は、傍《そば》でそれを聞いて、罪人を出した親戚眷族《しんせきけんぞく》の悲惨な境遇を細かに知ることが出来た。所詮《しょせん》町奉行の白洲《しらす》で、表向《おもてむき》の口供《こうきょう》を聞いたり、役所の机の上で、口書《くちがき》を読んだりする役人の夢にも窺《うかが》うことの出来ぬ境遇である。

同心を勤める人にも、種々《いろいろ》の性質があるから、此時只《ただ》うるさいと思って、耳を掩《おお》いたく思う冷淡な同心があるかと思えば、又しみじみと人の哀《あわれ》を身に引き受けて、役柄ゆえ気色《けしき》には見せぬながら、無言の中に私《ひそ》かに胸を痛める同心もあった。場合によって非常に悲惨な境遇に陥った罪人と其親類とを、特に心弱い、涙脆《もろ》い同心が宰領《さいりょう》して行くことになると、其同心は不覚の涙を禁じ得ぬのであった。

そこで高瀬舟の護送は、町奉行所の同心仲間で、不快な職務として嫌われていた。

いつの頃であったか。多分江戸で白河楽翁侯《しらかわらくおうこう》が政柄《せいへい》を執《と》っていた寛政《かんせい》の頃ででもあっただろう。智恩院《ちおんいん》の桜が入相の鐘に散る春の夕《ゆうべ》に、これまで類のない、珍らしい罪人が高瀬舟に載せられた。

それは名を喜助《きすけ》と云《い》って、三十歳ばかりになる、住所不定《ふじょう》の男である。固《もと》より牢屋敷《ろうやしき》に呼び出されるような親類はないので、舟にも只《ただ》一人で乗った。

護送を命ぜられて、一しょに舟に乗り込んだ同心羽田庄兵衛《はねだしょうべえ》は、只喜助が弟殺しの罪人だと云うことだけを聞いていた。さて牢屋敷から桟橋《さんばし》まで連れて来る間、この痩肉《やせじし》の、色の蒼白《あおじろ》い喜助の様子を見るに、いかにも神妙《しんびょう》に、いかにもおとなしく、自分をば公儀の役人として敬って、何事につけても逆《さから》わぬようにしている。しかもそれが、罪人の間に往々見受けるような、温順を装って権勢に媚《こ》びる態度ではない。

庄兵衛は不思議に思った。そして舟に乗ってからも、単に役目の表《おもて》で見張っているばかりでなく、絶えず喜助の挙動に、細かい注意をしていた。

其日《そのひ》は暮方から風が歇《や》んで、空一面を蔽《おお》った薄い雲が、月の輪廓《りんかく》をかすませ、ようよう近寄って来る夏の温さが、両岸の土からも、川床の土からも、靄《もや》になって立ち昇るかと思われる夜であった。下京《しもきょう》の町を離れて、加茂川《かもがわ》を横ぎった頃からは、あたりがひっそりとして、只舳《へさき》に割《さ》かれる水のささやきを聞くのみである。

夜舟《よふね》で寝ることは、罪人にも許されているのに、喜助は横になろうともせず、雲の濃淡に従って、光の増したり減じたりする月を仰いで、黙っている。其額《ひたい》は晴やかで目には微《かす》かなかがやきがある。

庄兵衛はまともには見ていぬが、始終喜助の顔から目を離さずにいる。そして不思議だ、不思議だと、心の内で繰り返している。それは喜助の顔が縦から見ても、横から見ても、いかにも楽しそうで、若《も》し役人に対する気兼《きがね》がなかったなら、口笛を吹きはじめるとか、鼻歌を歌い出すとかしそうに思われたからである。

庄兵衛は心の内に思った。これまで此《この》高瀬舟の宰領をしたことは幾度《いくたび》だか知れない。しかし載せて行く罪人は、いつも殆《ほとん》ど同じように、目も当てられぬ気の毒な様子をしていた。それに此男《このおとこ》はどうしたのだろう。遊山船《ゆさんぶね》にでも乗ったような顔をしている。罪は弟を殺したのだそうだが、よしや其弟《そのおとうと》が悪い奴《やつ》で、それをどんな行掛《ゆきが》かりになって殺したにせよ、人の情《じょう》として好《い》い心持《こころもち》はせぬ筈《はず》である。この色の蒼《あお》い痩男《やせおとこ》が、その人の情と云《い》うものが全く欠けている程《ほど》の、世にも稀《まれ》な悪人であろうか。どうもそうは思われない。ひょっと気でも狂っているのではあるまいか。いやいや。それにしては何一つ辻褄《つじつま》の合わぬ言語《ことば》や挙動がない。此男《この》はどうしたのだろう。庄兵衛《しょうべえ》がためには喜助《きすけ》の態度が考えれば考える程わからなくなるのである。

暫《しばら》くして、庄兵衛はこらえ切れなくなって呼び掛けた。

「喜助。お前何を思っているのか。」

「はい」と云ってあたりを見廻《みまわ》した喜助は、何事をかお役人に見咎《みとが》められたのではないかと気遣《きづか》うらしく、居ずまいを直して庄兵衛の気色を伺《うかが》った。

庄兵衛は自分が突然問《とい》を発した動機を明《あか》して、役目を離れた応対を求める分《いい》疏をしなくてはならぬように感じた。そこでこう云った。「いや。別にわけがあって聞いたのではない。実はな、己《おれ》は先刻《さっき》からお前の島へ往《ゆ》く心持が聞いて見たかったのだ。己はこれまで此舟で大勢の人を島へ送った。それは随分いろいろな身の上の人だったが、どれもどれも島へ往くのを悲しがって、見送りに来て、一しょに舟に乗る親類のものと、夜どおし泣くに極《き》まっていた。それにお前の様子を見れば、どうも島へ往くのを苦にしてはいないようだ。一体お前はどう思っているのだい。」

喜助はにっこり笑った。「御親切に仰《おっし》やって下すって、難有《ありがと》うございます。なる程島へ往くということは、外《ほか》の人には悲しい事でございましょう。其心持はわたくしにも思い遣《や》って見ることが出来ます。しかしそれは世間で楽をしていた人だからでございます。京都は結構な土地ではございますが、その結構な土地で、これまでわたくしのいたして参ったような苦《くるし》みは、どこへ参ってもなかろうと存じます。お上《かみ》のお慈悲で、命を助けて島へ遣《や》って下さいます。島はよしやつらい所でも、鬼の栖《す》む所ではございますまい。わたくしはこれまで、どこと云《い》って自分のいて好《い》い所と云うものがございませんでした。こん度お上で島にいろと仰《おつし》やって下さいます。そのいろと仰やる所に落ち著いていることが出来ますのが、先《ま》ず何よりも難有《ありがた》い事でございます。それにわたくしはこんなにかよわい体ではございますが、ついぞ病気をいたしたことはございませんから、島へ往《い》ってから、どんなつらい為事《しごと》をしたって、体を痛めるようなことはあるまいと存じます。それからこん度島へお遣下《やり》さるに付きまして、二百文《もん》の鳥目《ちょうもく》を戴《いただ》きました。それをここに持っております。」こう云い掛けて、喜助《きすけ》は胸に手を当てた。遠島《えんとう》を仰《おお》せ付けられるものには、鳥目二百銅を遣《つかわ》すと云うのは、当時の掟《おきて》であった。

喜助は語《ことば》を続《つ》いだ。「お恥かしい事を申し上げなくてはなりませぬが、わたくしは今日まで二百文と云うお足《あし》を、こうして懐《ふところ》に入れて持っていたことはございませぬ。どこかで為事に取り付きたいと思って、為事を尋ねて歩きまして、それが見付かり次第、骨を惜《おし》まずに働きました。そして貰《もら》った銭は、いつも右から左へ人手に渡さなくてはなりませなんだ。それも現金で物が買って食べられる時は、わたくしの工面《くめん》の好い時で、大抵は借りたものを返して、又跡《あと》を借りたのでございます。それがお牢に這入《はい》ってからは、為事をせずに食べさせて戴きます。わたくしはそればかりでも、お上に対して済まない事をいたしているようでなりませぬ。それにお牢を出る時に、此《この》二百文を戴きましたのでございます。こうして相変らずお上の物を食べていて見ますれば、此二百文はわたくしが使わずに持っていることが出来ます。お足を自分の物にして持っていると云うことは、わたくしに取っては、これが始《はじめ》でございます。島へ往《い》って見ますまでは、どんな為事が出来るかわかりませんが、わたくしは此二百文を島でする為事の本手《もとで》にしようと楽《たのし》んでおります。」こう云って、喜助は口を噤《つぐ》んだ。

庄兵衛《しょうべえ》は「うん、そうかい」とは云ったが、聞く事毎《ことごと》に余り意表に出たので、これも暫《しばら》く何も云うことが出来ずに、考え込んで黙っていた。

庄兵衛は彼此《かれこれ》初老に手の届く年になっていて、もう女房に子供を四人生ませている。それに老母が生きているので、家は七人暮しである。平生《へいぜい》人には吝《りん》嗇《しょく》と云われる程《ほど》の、倹約な生活をしていて、衣類は自分が役目のために著《き》るものの外《ほか》、寝巻しか拵《こしら》えぬ位にしている。しかし不幸な事には、妻を好《い》い身代《しんだい》の商人の家から迎えた。そこで女房は夫の貰《もら》う扶持米《ふちまい》で暮《くら》しを立てて行こうとする善意はあるが、裕《ゆたか》な家に可哀《かわい》がられて育った癖があるので、夫が満足する程《ほど》手元を引き締めて暮して行くことが出来ない。動《やや》もすれば月末になって勘定が足りなくなる。すると女房が内証《ないしょう》で里から金を持って来て帳尻《ちょうじり》を合わせる。それは夫が借財と云《い》うものを毛虫のように嫌うからである。そう云う事は所詮《しょせん》夫に知れずにはいない。庄兵衛《しょうべえ》は五節句だと云っては、里方から物を貰い、子供の七五三の祝だと云っては、里方から子供に衣類を貰うのでさえ、心苦しく思っているのだから、暮しの穴を塡《う》めて貰ったのに気が付いては、好い顔はしない。格別平和を破るような事のない羽田《はねだ》の家に、折々波風の起るのは、是《これ》が原因である。

庄兵衛は今喜助《きすけ》の話を聞いて、喜助の身の上をわが身の上に引き比べて見た。喜助は為事《しごと》をして給料を取っても、右から左へ人手に渡して亡《な》くしてしまうと云った。いかにも哀な、気の毒な境界《きょうがい》である。しかし一転して我身の上を顧みれば、彼と我との間に、果してどれ程の差があるか。自分も上から貰う扶持米を、右から左へ人手に渡して暮しているに過ぎぬではないか。彼と我との相違は、謂《い》わば十露盤《そろばん》の桁《けた》が違っているだけで、喜助の難有《ありがた》がる二百文に相当する貯蓄だに、こっちはないのである。

さて桁を違えて考えて見れば、鳥目《ちょうもく》二百文をでも、喜助がそれを貯蓄と見て喜んでいるのに無理はない。其《その》心持はこっちから察して遣《や》ることが出来る。しかしいかに桁を違えて考えて見ても、不思議なのは喜助の慾《よく》のないこと、足ることを知っていることである。

喜助は世間で為事を見付けるのに苦《くるし》んだ。それを見付けさえすれば、骨を惜まずに働いて、ようよう口を糊《のり》することの出来るだけで満足した。そこで牢に入ってからは、今まで得難《えがた》かった食が、殆《ほとん》ど天から授けられるように、働かずに得られるのに驚いて、生れてから知らぬ満足を覚えたのである。

庄兵衛はいかに桁を違えて考えて見ても、ここに彼と我との間に、大いなる懸隔《けんかく》のあることを知った。自分の扶持米で立てて行く暮しは、折々足らぬことがあるにしても、大抵出納《すいとう》が合っている。手一ぱいの生活である。然《しか》るにそこに満足を覚えたことは殆《ほとん》ど無い。常は幸《さいわい》とも不幸とも感ぜずに過している。しかし心の奥には、こうして暮していて、ふいとお役が御免になったらどうしよう、大病にでもなったらどうしようと云《い》う疑懼《ぎく》が潜んでいて、折々妻が里方から金を取り出して来て穴塡《あなうめ》をしたことなどがわかると、此《この》疑懼が意識の閾《しきい》の上に頭を擡《もた》げて来るのである。

一体此懸隔《けんかく》はどうして生じて来るだろう。只上辺《ただうわべ》だけを見て、それは喜助《きすけ》には身に係累《けいるい》がないのに、こっちにはあるからだと云ってしまえばそれまでである。しかしそれは嘘《うそ》である。よしや自分が一人者であったとしても、どうも喜助のような心持にはなられそうにない。この根柢《こんてい》はもっと深い処《ところ》にあるようだと、庄兵衛《しょうべえ》は思った。

庄兵衛は只漠然と、人の一生というような事を思って見た。人は身に病があると、此病がなかったらと思う。其日《そのひ》其日の食がないと、食って行かれたらと思う。万一の時に備える蓄《たくわえ》がないと、少しでも蓄があったらと思う。蓄があっても、又其《その》蓄がもっと多かったらと思う。此《かく》の如《ごと》くに先から先へと考《かんがえ》て見れば、人はどこまで往《い》って踏み止まることが出来るものやら分からない。それを今目の前で踏み止まって見せてくれるのが此喜助だと、庄兵衛は気が付いた。

庄兵衛は今さらのように驚異の目を睜《みは》って喜助を見た。此時庄兵衛は空を仰いでいる喜助の頭から毫光《ごうこう》がさすように思った。

庄兵衛は喜助の顔をまもりつつ又、「喜助さん」と呼び掛けた。今度は「さん」と云ったが、これは十分の意識を以《もっ》て称呼《しょうこ》を改めたわけではない。其声が我口から出て我耳に入るや否《いな》や、庄兵衛は此称呼の不穏当なのに気が付いたが、今さら既《すで》に出た詞《ことば》を取り返すことも出来なかった。

「はい」と答えた喜助も、「さん」と呼ばれたのを不審に思うらしく、おそるおそる庄兵衛の気色を覗《うかが》った。

庄兵衛は少し間の悪いのをこらえて云った。「色々の事を聞くようだが、お前が今度島へ遣《や》られるのは、人をあやめたからだと云う事だ。己《おれ》に序《ついで》にそのわけを話して聞せてくれぬか。」

喜助《きすけ》はひどく恐れ入った様子で、「かしこまりました」と云《い》って、小声で話し出した。「どうも飛んだ心得違《こころえちがい》で、恐ろしい事をいたしまして、なんとも申し上げようがございませぬ。跡《あと》で思って見ますと、どうしてあんな事が出来たかと、自分ながら不思議でなりませぬ。全く夢中でいたしましたのでございます。わたくしは小さい時に二親《ふたおや》が時疫《じえき》で亡くなりまして、弟と二人跡に残りました。初《はじめ》は丁度軒下に生れた狗《いぬ》の子にふびんを掛《か》けるように町内の人達《ひとたち》がお恵《めぐみ》下さいますので、近所中の走使《はしりづかい》などをいたして、飢え凍《こご》えもせずに、育ちました。次第に大きくなりまして職を捜しますにも、なるたけ二人が離れないようにいたして、一しょにいて、助け合って働きました。去年の秋の事でございます。わたくしは弟と一しょに、西陣《にしじん》の織場《おりば》に這入《はい》りまして、空引《そらびき》と云うことをいたすことになりました。そのうち弟が病気で働けなくなったのでございます。其《その》頃わたくし共は北山の掘立小屋《ほったてごや》同様の所に寝起《ねおき》をいたして、紙屋川《かみやがわ》の橋を渡って織場へ通っておりましたが、わたくしが暮れてから、食物などを買って帰ると、弟は待ち受けていて、わたくしを一人で稼がせては済まない済まないと申しておりました。或《あ》る日いつものように何心なく帰って見ますと、弟は布団《ふとん》の上に突っ伏していて、周囲《まわり》は血だらけなのでございます。わたくしはびっくりいたして、手に持っていた竹の皮包《かわづつみ》や何かを、そこへおっぽり出して、傍《そば》へ往って『どうしたどうした』と申しました。すると弟は真蒼《まっさお》な顔の、両方の頰《ほお》から腮《あご》へ掛けて血に染《そま》ったのを挙げて、わたくしを見ましたが、物を言うことが出来ませぬ。息をいたす度《たび》に、創口《きずぐち》でひゅうひゅうと云う音がいたすだけでございます。わたくしにはどうも様子がわかりませんので、『どうしたのだい、血を吐いたのかい』と云って、傍へ寄ろうといたすと、弟は右の手を床《とこ》に衝《つ》いて、少し体を起しました。左の手はしっかり腮《あご》の下の所を押えていますが、其《その》指の間から黒血の固まりがはみ出しています。弟は目でわたくしの傍へ寄るのを留めるようにして口を利《き》きました。ようよう物が言えるようになったのでございます。『済まない。どうぞ堪忍《かんにん》してくれ。どうせなおりそうにもない病気だから、早く死んで少しでも兄きに楽がさせたいと思ったのだ。笛《ふえ》を切ったら、すぐ死ねるだろうと思ったが息がそこから漏《も》れるだけで死ねない。深く深くと思って、力一ぱい押し込むと、横へすべってしまった。刃は翻《こぼ》れはしなかったようだ。これを旨《うま》く抜いてくれたら己《おれ》は死ねるだろうと思っている。物を言うのがせつなくって可《い》けない。どうぞ手を借《か》して抜いてくれ』と云《い》うのでございます。弟が左の手を弛《ゆる》めるとそこから又《また》息が漏ります。わたくしはなんと云おうにも、声が出ませんので、黙って弟の喉《のど》の創《きず》を覗《のぞ》いて見ますと、なんでも右の手に剃《かみ》刀《そり》を持って、横に笛《ふえ》を切ったが、それでは死に切れなかったので、其儘《そのまま》剃刀を、剔《えぐ》るように深く突っ込んだものと見えます。柄《え》がやっと二寸ばかり創口《きずぐち》から出ています。わたくしはそれだけの事を見て、どうしようと云う思案も付かずに、弟の顔を見ました。弟はじっとわたくしを見詰めています。わたくしはやっとの事で、『待っていてくれ、お医者を呼んで来るから』と申しました。弟は怨《うら》めしそうな目付《めつき》をいたしましたが、又左の手で喉をしっかり押えて、『医者がなんになる、ああ苦しい、早く抜いてくれ、頼む』と云うのでございます。わたくしは途方に暮れたような心持になって、只《ただ》弟の顔ばかり見ております。こんな時は、不思議なもので、目が物を言います。弟の目は『早くしろ、早くしろ』と云って、さも怨《うら》めしそうにわたくしを見ています。わたくしの頭の中では、なんだかこう車の輪のような物がぐるぐる廻《まわ》っているようでございましたが、弟の目は恐ろしい催促を罷《や》めません。それに其《その》目の怨めしそうなのが段々険しくなって来て、とうとう敵《かたき》の顔をでも睨《にら》むような、憎々しい目になってしまいます。それを見ていて、わたくしはとうとう、これは弟の言った通《とおり》にして遣《や》らなくてはならないと思いました。わたくしは『しかたがない、抜いて遣るぞ』と申しました。すると弟の目の色がからりと変《かわ》って、晴やかに、さも嬉《うれ》しそうになりました。わたくしはなんでも一《ひ》と思《おもい》にしなくてはと思って膝《ひざ》を撞《つ》くようにして体を前へ乗り出しました。弟は衝《つ》いていた右の手を放して、今まで喉を押えていた手の肘《ひじ》を床に衝いて、横になりました。わたくしは剃刀の柄をしっかり握って、ずっと引きました。此《この》時わたくしの内から締めて置いた表口の戸をあけて、近所の婆《ば》あさんが這入《はい》って来ました。留守の間《ま》、弟に薬を飲ませたり何かしてくれるように、わたくしの頼んで置いた婆あさんなのでございます。

もう大《だい》ぶ内《うち》のなかが暗くなっていましたから、わたくしには婆《ば》あさんがどれだけの事を見たのだかわかりませんでしたが、婆あさんはあっと云《い》った切《きり》、表口をあけ放しにして置いて駆け出してしまいました。わたくしは剃刀《かみそり》を抜く時、手早く抜こう、真直《まっすぐ》に抜こうと云うだけの用心はいたしましたが、どうも抜いた時の手応《てごたえ》は、今まで切れていなかった所を切ったように思われました。刃が外の方へ向いていましたから、外の方が切れたのでございましょう。わたくしは剃刀を握った儘《まま》、婆あさんの這入《はい》って来て又駆け出して行ったのを、ぼんやりして見ておりました。婆あさんが行ってしまってから、気が付いて弟を見ますと、弟はもう息が切れておりました。創口《きずぐち》からは大そうな血が出ておりました。それから年寄衆《としよりしゅう》がお出《いで》になって、役場へ連れて行かれますまで、わたくしは剃刀を傍に置いて、目を半分あいた儘《まま》死んでいる弟の顔を見詰めていたのでございます。」

少し俯向《うつむ》き加減になって庄兵衛《しょうべえ》の顔を下から見上げて話していた喜助《きすけ》は、こう云ってしまって視線を膝の上に落した。

喜助の話は好《よ》く条理が立っている。殆《ほとん》ど条理が立ち過ぎていると云っても好《い》い位である。これは半年程《ほど》の間、当時の事を幾度も思い浮《うか》べて見たのと、役場で問われ、町奉行所で調べられる其度毎《そのたびごと》に、注意に注意を加えて淩《さら》って見させられたのとのためである。

庄兵衛は其場《そのば》の様子を目《ま》のあたり見るような思いをして聞いていたが、これが果して弟殺しと云うものだろうか、人殺しと云うものだろうかと云う疑《うたがい》が、話を半分聞いた時から起って来て、聞いてしまっても、其《その》疑を解くことが出来なかった。弟は剃刀を抜いてくれたら死なれるだろうから、抜いてくれと云った。それを抜いて遣《や》って死なせたのだ、殺したのだとは云われる。しかし其儘《そのまま》にして置いても、どうせ死ななくてはならぬ弟であったらしい。それが早く死にたいと云ったのは、苦しさに耐えなかったからである。喜助は其《その》苦を見ているに忍びなかった。苦から救って遣ろうと思って命を絶った。それが罪であろうか。殺したのは罪に相違ない。しかしそれが苦から救うためであったと思うと、そこに疑が生じて、どうしても解けぬのである。

庄兵衛《しょうべえ》の心の中には、いろいろに考えて見た末に、自分より上のものの判断に任す外《ほか》ないと云《い》う念、オオトリテエに従う外ないと云う念が生じた。庄兵衛はお奉行様の判断を、其儘《そのまま》自分の判断にしようと思ったのである。そうは思っても、庄兵衛はまだどこやらに腑《ふ》に落ちぬものが残っているので、なんだかお奉行様に聞いて見たくてならなかった。

次第に更《ふ》けて行く朧夜《おぼろよ》に、沈黙の人二人を載せた高瀬舟は、黒い水の面《おもて》をすべって行った。

（森鷗外「高瀬舟」
『現代日本の文学　2　森鷗外集』〈学習研究社〉より）

「あのころ」をふりかえる

■森鷗外《もりおうがい》

一八六二（文久二《ぶんきゅう》）年〜一九二二（大正十一）年。現在の島根県津和野《つわの》町生まれ。本名は森林太郎《りんたろう》。

ドイツ留学後、軍医として働くかたわら、文学活動をスタートした。明治の文学を代表する小説家である。また、翻訳家、劇作家、評論家など、活動は多方面にわたる。代表作は、「舞姫《まいひめ》」「雁《がん》」、「阿部一族《あべいちぞく》」、「渋江抽斎《しぶえちゅうさい》」、「山椒大夫《さんしょうだゆう》」など。

足るを知る精神である「知足《ちそく》」と「安楽死」という、大きな二つの主題を掲げている「高瀬舟」は、中学三年生の教科書に採録され、授業では、次のような指導が行われた。

・喜助《きすけ》と庄兵衛《しょうべえ》を対比的に描いている部分に注目し、主題をとらえる。

・「それが罪であろうか。」という庄兵衛の抱いた疑問から、主題をとらえる。

握手

井上ひさし

上野《うえの》公園に古くからある西洋料理店へ、ルロイ修道士は時間通りにやってきた。桜の花はもうとうに散って、葉桜にはまだ間があって、そのうえ動物園はお休みで、店の中は気の毒になるぐらい空《す》いている。椅子から立って手を振って居所《いどころ》を知らせると、ルロイ修道士は、

「呼び出したりしてすみませんね」

と達者な日本語で声をかけながらこっちへ寄ってきた。ルロイ修道士が日本の土を踏んだのは第二次大戦直前の昭和十五年の春、それからずっと日本暮しだから、彼の日本語には年期《ねんき》が入っている。

「こんど故郷《くに》へ帰ることになりました。カナダの本部修道院で畑いじりでもしてのんびり暮しましょう。さよならを云《い》うために、こうしてみなさんに会って回っているんですよ。しばらくでした」

ルロイ修道士は大きな手を差し出してきた。その手を見て思わず顔をしかめたのは、光ヶ丘天使園の子どもたちの間でささやかれていた「天使の十戒」をを頭にうかべたせいである。中学三年の秋から高校を卒業するまでの三年半、わ

たしはルロイ修道士が園長をつとめる児童養護施設の厄介になっていたが、そこにはいくつかの「べからず集」があった。子どもの考え出したものであるから、べつにたいしたべからず集ではなく、「朝のうちに弁当を使うべからず(見つかると次の日の弁当がもらえなくなるから)」、「朝晩の食事は静かに喰《く》うべからず(ルロイ先生は園児がにぎやかに食事をしているのを見るのが好きだから)」、「洗濯場の手伝いは断《こと》わるべからず(洗濯場主任のマイケル先生は気前がいいからきっとバタ付きパンをくれるぞ)」といった式の無邪気な代物《しろもの》で、そのなかに「ルロイ先生とうっかり握手をすべからず(二、三日鉛筆が握れなくなっても知らないよ)」というのがあったのを思い出して、それですこしばかり身構えたのだ。この「天使の十戒」がさらにわたしの記憶の底から、天使園に収容されたときの光景を引っ張り出した。

風呂敷包《ふろしきづつ》みを抱えて園長室に入って行ったわたしをルロイ修道士は机越しに握手で迎えて、

「ただいまからここがあなたの家です。もうなんの心配もいりませんよ」

と云《い》ってくれたが、彼の握力は万力《まんりき》よりも強く、しかも腕を勢いよく上下させるものだから、こっちの肘《ひじ》が机の上に立ててあった聖人伝にぶつかって、腕がしびれた。

だが、顔をしかめる必要はなかった。それはじつに穏やかな握手だった。ルロイ修道士は病人の手でも握るようにそっと握手をした。それからこのケベック郊外の農場の五男坊は、東京で会った、かつての収容児童たちの近況を熱心に語りはじめた。やがて註文《ちゅうもん》した一品料理が運ばれてきた。ルロイ修道士の前にはプレーンオムレツが置かれた。

「おいしそうですね」

ルロイ修道士はオムレツの皿を覗《のぞ》き込むようにしながら両の掌《てのひら》を擦《す》り合せる。だが、彼の掌はもうぎちぎちとは鳴らない。あのころはよく鳴ったのに。園長でありながらルロイ修道士は訪問客との会見やデスクワークを避けていた。たいていは裏の畑や鶏舎《けいしゃ》にいて、子どもたちの食料をつくることに精を出していた。そのために彼の手はいつも汚れており、掌は樫《かし》の板でも張ったように固かった。そこであのころのルロイ修道士の汚い掌は擦り合せるたびにぎちぎちと鳴ったものだった。

「先生の左の人さし指は、あいかわらずふしぎな恰好《かっこう》をしていますね」

フォークを持つ手の人さし指がぴんとのびている。指の先の爪は潰《つぶ》れており、鼻糞《はなくそ》をまるめたようなものがこびりついている。正常な爪はもう生えてこないのである。あのころルロイ修道士の奇妙な爪について天使園にはこんな噂《うわさ》が流れていた。日本にやってきて二年もしないうちに戦争がはじまり、ルロイ修道士たちは横浜から出帆《しゅっぱん》する最後の交換船でカナダに帰ることになった。ところが日本側の都合で交換船は出帆中止になってしまったのである。そして連れて行かれたところは丹沢《たんざわ》の山の中。戦争が終るまでルロイ修道士たちはここで荒《あれ》地《ち》を開墾し、蜜柑《みかん》と足柄《あしがら》茶をつくらされた。そこまではいいのだが、カトリック者は日曜日の労働を戒律で禁じられているので、ルロイ修道士が代表となって監督官に、「日曜日は休ませてほしい。その埋め合《あわ》せは、他の曜日にきっとする」と申し入れた。すると監督官は、「大日本帝国の七曜表は月月火水木金金。

この国には土曜も日曜もありゃせんのだ」と叱《しか》りつけ、見せしめにルロイ修道士の左の人さし指を木槌《きづち》で思い切り叩《たた》き潰《つぶ》したのだ。だから気をつけろ。ルロイ先生はいい人にはちがいないが、心の底では日本人を憎んでいる。いつかは爆発するぞ。……しかしルロイ先生はいつまでたってもやさしかった。そればかりかルロイ先生は、戦勝国の白人であるにもかかわらず敗戦国の子どものために、泥だらけになって野菜をつくり鶏を育てている。これはどういうことだろう。「ここの子どもをちゃんと育ててから、アメリカのサーカスに売るんだ。だからこんなに親切なんだぞ。あとでどっと元《もと》をとる気なんだ」という噂《うわさ》も立ったが、すぐ立ち消えになった。おひたしや汁の実になった野菜がわたしたちの口に入るところを、あんなにうれしそうに眺めているルロイ先生を、ほんのすこしでも疑っては罰《ばち》が当る。みんながそう思いはじめたからである。

「日本人は先生にたいして、ずいぶんひどいことをしましたね。交換船の中止にしても国際法無視ですし、木槌で指を叩き潰すにいたっては、もうなんて云《い》っていいか。申しわけありません」

ルロイ修道士はナイフを皿の上においてから、右の人さし指をぴんと立てた。指の先は天井をさしてぶるぶるこまかくふるえている。また思い出した。ルロイ修道士は、「こら」とか、「よく聞きなさい」とか云うかわりに、右の人さし指をぴんと立てるのが癖だった。

「総理大臣のようなことを云ってはいけませんよ。だいたい日本人を代表してものを云ったりするのは傲慢《ごうまん》です。それに日本人とかカナダ人とかアメリカ人といったようなものがあると信じてはなりません。一人一人の人間がいる、それだけのことですから」

「わかりました」

わたしは右の拇指《おやゆび》をぴんと立てた。これもルロイ修道士の癖で、彼は、「わかった」、「よし」、「最高だ」と云うかわりに右の拇指をぴんと立てる。そのことも思い出したのだ。

「おいしいですね、このオムレツは」

ルロイ修道士も右の拇指を立てた。わたしはハテナと心の中で首を傾《かし》げた。

おいしいと云《い》うわりにはルロイ修道士に食欲がない。ラグビーのボールを押し潰したような恰好《かっこう》のプレーンオムレツは、空気を入れればそのままグラウンドに持ち出せそうである。ルロイ修道士はナイフとフォークを動かしているだけで、オムレツをちっとも口へ運んではいないのだ。

「それよりも、わたしはあなたを打《ぶ》ったりはしませんでしたか。あなたにひどい仕打ちをしませんでしたか。もし、していたなら、あやまりたい」

「一度だけ、打《ぶ》たれました」

ルロイ修道士の、両手の人さし指をせわしく交差させ、打ちつけている姿が脳裏にうかぶ。これは危険信号だった。この指の動きでルロイ修道士は、「おまえは悪い子だ」と怒鳴っているのだ。そして次にはきっと平手打《ひらてうち》が飛ぶ。ルロイ修道士の平手打は痛かった。

「やはり打《ぶ》ちましたか」

ルロイ修道士は悲しそうな表情になってナプキンを折り畳む。食事はもうおしまいなのだろうか。

「でも、わたしたちは打《ぶ》たれて当《あた》り前の、ひどいことを仕出《しで》かしたんです。高校二年のクリスマスだったと思いますが、無断で天使園を脱《ぬ》け出して東京へ行ってしまったのです」

翌朝、上野へ着いた。有楽町《ゆうらくちょう》や浅草《あさくさ》で映画と実演を見て回り、夜行列車で仙台《せんだい》に帰った。そして待っていたのがルロイ修道士の平手打だった。「明後日の朝、かならず戻ります。心配しないでください。探さないでください」という書置《かきお》きを園長室の壁に貼《は》りつけておいたのだが。

「ルロイ先生は一《ひ》ト月間《つきかん》、わたしたちに口をきいてくれませんでした。平手打よりこっちの方がこたえましたよ」

「そんなこともありましたねえ。あのときの東京見物の費用はどうやってひねり出したんです?」

「それはあのとき白状しましたが……」

「わたしは忘れてしまいました。もう一度教えてくれませんか」

「準備に三ヵ月はかかりました。先生からいただいた純毛《じゅんもう》の靴下だの、つなぎの下着だのを着ないでとっておき、駅前の闇市《やみいち》で売り払いました。鶏舎《けいしゃ》からニワトリを五、六羽持ち出して焼鳥屋に売ったりもしました」

ルロイ修道士はあらためて両手の人さし指を交差させ、せわしく打ちつける。ただしあのころとちがって、顔は笑っていた。

「先生はどこかお悪いんですか。ちっとも召しあがりませんね」

「すこし疲れたのでしょう。これから仙台の修道院でゆっくり休みます。カナダへ発《た》つころは、前のような大《おお》ぐらいに戻っていますよ」

「だったらいいのですが……」

「仕事はうまく行っていますか」

「まあまあといったところです」

「よろしい」

ルロイ修道士は右の拇指《おやゆび》を立てた。

「仕事がうまく行かないときは、このことばを思い出してください。『困難は分割せよ』。焦ってはなりません。問題を細かく割って一つ一つ地道に片付けて行くのです。ルロイのこのことばを忘れないでください」

冗談じゃないぞ、と思った。これでは遺言を聞くために会ったようなものではないか。そういえばさっきの握手もなんだか変だった。「それはじつに穏やかな握手だった。ルロイ修道士は病人の手でも握るようにそっと握手をした」というように感じたが、じつはルロイ修道士が病人なのではないか。もと園長はなにかの病《やま》いにかかりこの世の暇乞《いとまご》いにこうやってかつての園児を訪ねて歩いているのではないか。

「日本でお暮しになっていて、たのしかったことがあったとすれば、それはどんなことでしたか」

先生は重い病気にかかっているのでしょう、そしてこれはお別れの儀式なのですね、と訊《き》こうとしたが、さすがにそれは憚《はばか》られ、結局は平凡な質問をしてしまった。

「それはもうこうやっているときにきまっています。天使園で育った子どもが世の中へ出て、一人前の働きをしているのを見るときが一等《いっとう》たのしい。なによりもうれしい。そうそう、あなたは上川くんを知っていますね。上川一雄くんですよ」

もちろん知っている。ある春の朝、天使園の正門の前に捨てられていた子だ。捨て子は春になるとぐんとふえる。陽気がいいから発見されるまで長くかかっても風邪《かぜ》を引くことはあるまいという母親たちの最後の愛情が春を選ばさせるのだ。捨て子はたいてい姓名がわからない。そこで中学生、高校生が智恵《ちえ》をしぼって姓名をつける。だから忘れるわけはないのである。

「あの子はいま市営バスの運転手をしています。それも天使園の前を通っている路線の運転手なのです。そこで月に一度か二度、駅から上川くんの運転するバスに乗り合せることがあるのですが、そのときはたのしいですよ。まずわたしが乗りますと、こんな合図をするんです」

ルロイ修道士は右の拇指《おやゆび》をぴんと立てた。

「わたしの癖をからかっているんですね。そうしてわたしに運転の腕前を見てもらいたいのでしょうか、バスをぶんぶん飛ばします。最後にバスを天使園の正門前に停《と》めます。停留所じゃないのに停めてしまうんです。上川くんはいけない運転手です。けれども、そういうときがわたしには一等たのしいのですね」

「一等悲しいときは……?」

「天使園で育った子が世の中に出て結婚しますね。子どもが生まれます。ところがそのうちに夫婦の間がうまく行かなくなる。別居します。離婚します。やがて子どもが重荷になる。そこで天使園で育った子が自分の子を、またもや天使園へ預けるために長い坂をとぼとぼ登ってやってくる。それを見るときが一等悲しいですね。なにも父子二代で天使園に入ることはないんです」

ルロイ修道士は壁の時計を見上げて、

「汽車が待っています」

と云《い》い、右の人さし指に中指をからめて掲《かか》げた。これは「幸運を祈る」、「しっかりおやり」という意味の、ルロイ修道士の指言葉だった。

上野駅の中央改札口の前で思い切って訊《き》いた。

「ルロイ先生、死ぬのは怖くありませんか。わたしは怖くて仕方がありませんが」

かつてわたしたちが悪戯《いたずら》を見つかったときにしたように、ルロイ修道士はすこし赤くなって頭を掻《か》いた。

「天国へ行くのですからそう怖くはありませんよ」

「天国か。ほんとうに天国がありますか」

「あると信じる方がたのしいでしょうが。死ねばなにもないただむやみに淋《さび》しい所へ行くと思うよりも、にぎやかな天国へ行くと思う方がよほどたのしい。そのためにこの何十年間、神さまを信じてきたのです」

わかりましたと答えるかわりにわたしは右の拇指《おやゆび》を立て、それからルロイ修道士の手をとって、しっかりと握った。それでも足りずに腕を上下にはげしく振った。

「痛いですよ」

ルロイ修道士は顔をしかめてみせた。

上野公園の葉桜が終るころ、ルロイ修道士は仙台の修道院でなくなった。まもなく一周忌《いっしゅうき》である。わたしたちに会って回っていたころのルロイ修道士は、身体中が悪い腫瘍《しゅよう》の巣になっていたそうだ。葬式でそのことを聞いたとき、わたしは知らぬ間《ま》に、両手の人さし指を交差させ、せわしく打ちつけていた。

（井上ひさし「握手」『ナイン』〈講談社〉より）

「あのころ」をふりかえる

■井上《いのうえ》ひさし

一九三四（昭和九）年〜二〇一〇（平成二十二）年。山形県出身の小説家であり劇作家。本名は井上廈《ひさし》。

五歳で父と死別し、中学生のとき、一時カトリック系の児童養護施設で暮らす。大学に通いながら、東京・浅草《あさくさ》の劇場に出入りして、戯曲やシナリオを書き始める。卒業後は放送作家として活躍。中でもＮＨＫテレビで放映された人形劇「ひょっこりひょうたん島」（山元護久《やまもともりひさ》との共作）は、大いに人気を博した。一九七二（昭和四十七）年、『手鎖心中《てぐさりしんじゅう》』で直木《なおき》賞を受賞。代表作は、「モッキンポット師の後始末《あとしまつ》」、「新釈遠野《しんしゃくとおの》物語」、「吉里吉里《きりきり》人《じん》」、「藪原検校《やぶはらけんぎょう》」など。「握手」は、中学三年生の教科書に採録され、授業では、次のような指導が行われた。

・現在と過去のエピソードが交わる構成から、人物の関係の変化をとらえる。

・指言葉を交えた会話から、人物の心情をとらえる。

レモン哀歌

高村光太郎

レモン哀歌

高村光太郎

そんなにもあなたはレモンを待つてゐた
かなしく白くあかるい死の床で
わたしの手からとつた一つのレモンを
あなたのきれいな歯ががりりと噛《か》んだ
トパアズいろの香気が立つ
その数滴の天のものなるレモンの汁は
ぱつとあなたの意識を正常にした
あなたの青く澄んだ眼がかすかに笑ふ
わたしの手を握るあなたの力の健康さよ
あなたの咽喉《のど》に嵐はあるが
かういふ命の瀬戸ぎはに

智恵子《ちえこ》はもとの智恵子となり
生涯の愛を一瞬にかたむけた
それからひと時
昔山巓《さんてん》でしたやうな深呼吸を一つして
あなたの機関はそれなり止まつた
写真の前に挿《さ》した桜の花かげに
すずしく光るレモンを今日も置かう

（高村光太郎「レモン哀歌」
『現代日本の文学6　石川啄木 高村光太郎 宮澤賢治集』〈学習研究社より〉）
※原文の旧字体は、現代のものに改めました。

「あのころ」をふりかえる

■高村光太郎《たかむらこうたろう》

一八八三（明治十六）～一九五六（昭和三十一）年。東京に、有名な彫刻家であった高村光雲《こううん》の長男として生まれた。光太郎も将来は、彫刻家となることが求められていた。実際、青森県の十和田《とわだ》湖畔にある「乙女《おとめ》の像」など、有名な彫刻も残している。

『道程《どうてい》』、『智恵子抄《ちえこしょう》』などの詩集から、詩人としてのイメージが最も強いと思われる。その一方で、歌集も出版され、随筆や美術に関する評論も著している。

「レモン哀歌」は、中学二年生の教科書に採録された。詩に出てくる「智恵子」は、光太郎の妻、高村智恵子である。授業では、次のような指導が行われた。

・詩の中の「レモン」が、「わたし」の「あなた」への思いを表すためにどんな役割を果たしているか、考える。

・一行目の「そんなにも」がどんなことを表しているのか、考える。

故郷

魯迅

竹内好 訳

厳しい寒さの中を、二千里の果てから、別れて二十年にもなる故郷へ、私は帰った。

もう真冬の候であった。そのうえ故郷へ近づくにつれて、空模様は怪しくなり、冷たい風がヒューヒュー音を立てて、船の中まで吹き込んできた。苫《とま》の隙間から外をうかがうと、鉛色の空の下、わびしい村々が、いささかの活気もなく、あちこちに横たわっていた。覚えず寂寥《せきりょう》の感が胸に込み上げた。

ああ、これが二十年来、片時も忘れることのなかった故郷であろうか。

私の覚えている故郷は、まるでこんなふうではなかった。私の故郷は、もっとずっとよかった。その美しさを思い浮かべ、その長所を言葉に表そうとすると、しかし、その影はかき消され、言葉は失われてしまう。やはりこんなふうだったかもしれないという気がしてくる。そこで私は、こう自分に言い聞かせた。もともと故郷はこんなふうなのだ――進歩もないかわりに、私が感じるような寂寥もありはしない。そう感じるのは、自分の心境が変わっただけだ。なぜなら、今度の帰郷は決して楽しいものではないのだから。

今度は、故郷に別れを告げに来たのである。私たちが長いこと一族で住んでいた古い家は、今はもう他人の持ち物になってしまった。明け渡しの期限は今年いっぱいである。どうしても旧暦の正月の前に、住み慣れた古い家に別れ、なじみ深い故郷をあとにして、私が今暮らしを立てている異郷の地へ引っ越さねばならない。

明くる日の朝早く、私は我が家の表門に立った。屋根には一面に枯れ草のやれ茎が、折からの風になびいて、この古い家が持ち主を変えるほかなかった理由を説き明かし顔である。いっしょに住んでいた親戚たちは、もう引っ越してしまった後らしく、ひっそり閑としている。自宅の庭先まで来てみると、母はもう迎えに出ていた。後から、八歳になる甥《おい》のホンル（宏児）も飛び出した。

母は機嫌よかったが、さすがにやるせない表情は隠し切れなかった。私を座らせ、休ませ、茶をついでくれなどして、すぐ引っ越しの話は持ち出さない。ホンルは、私とは初対面なので、離れた所に立って、じっと私の方を見つめていた。

だが、とうとう引っ越しの話になった。私は、あちらの家はもう借りてあること、家具も少しは買ったこと、あとは家にある道具類をみんな売り払って、その金で買い足せばよいこと、などを話した。母もそれに賛成した。そして、荷造りもほぼ終わったこと、かさばる道具類は半分ほど処分したが、よい値にならなかったことなどを話した。

「一、二日休んだら、親戚回りをしてね、そのうえでたつとしよう。」と、母は言った。

「ええ。」

「それから、ルントウ（閏土）ね。あれが、いつも家へ来るたびに、おまえのうわさをしては、しきりに会いたがっていましたよ。おまえが着くおよその日取りは知らせておいたから、今に来るかもしれない。」

このとき突然、私の脳裏に不思議な画面が繰り広げられた——紺碧《こんぺき》の空に金色《じき》の丸い月が懸かっている。その下は海辺の砂地で、見渡すかぎり緑のすいかが植わっている。その真ん中に、十一、二歳の少年が、銀の首輪をつるし、鉄の刺叉《さすまた》を手にして立っている。そして一匹の「チャー」（猹）を目がけて、ヤッとばかり突く。すると「チャー」は、ひらりと身をかわして、彼の股をくぐって逃げてしまう。

この少年がルントウである。彼と知り合ったとき、私もまだ十歳そこそこだった。もう三十年近い昔のことである。その頃は、父もまだ生きていたし、家の暮らし向きも楽で、私は坊ちゃんでいられた。ちょうどその年は、我が家が大祭の当番に当たっていた。この祭りの当番というのが、三十何年目にただ一回順番が回ってくるとかで、ごく大切な行事だった。正月に、祖先の像を祭るのである。さまざまの供物《くもつ》をささげ、祭器もよく吟味するし参詣《さんけい》の人も多かったので、祭器をとられぬように番をする必要があった。私の家には、「マンユエ」（忙月）が一人いるだけである。（私の郷里では、雇い人は三種類ある。年間通して決まった家で働くのが「チャンネン」（長年）、日決めで働くのが「トアンクン」（短工）、自分でも耕作するかたわら、年末や節季や年貢《ねんぐ》集めのときなどに、決まった家へ来て働くのが「マンユエ」とよばれた。）一人では手が足りぬので、彼は、自分の息子《むすこ》のルントウに祭器の番をさせたいが、と私の父に申し出た。

父はそれを許した。私もうれしかった。というのは、かねてルントウという名は耳にしていたし、同じ年頃なこと、また、閏月《うるうづき》の生まれで、五行《ごぎょう》の「土《ど》」が欠けているので、父親がルントウ（閏土）と名づけたことも承知していたから。彼は、わなをかけて小鳥を捕るのがうまかった。

それからというもの、来る日も来る日も新年が待ち遠しかった。新年になればルントウがやって来る。待ちに待った年末になり、ある日のこと、母が私に、ルントウが来たと知らせてくれた。飛んでいってみると、彼は台所にいた。艶のいい丸顔で、小さな毛織りの帽子をかぶり、きらきら光る銀の首輪をはめていた。それは父親の溺愛ぶりを示すもので、どうか息子が死なないようにと神仏に願をかけて、その首輪でつなぎ止めてあるのだ。彼は人見知りだったが、私にだけは平気で、そばに誰もいないとよく口をきいた。半日もせずに私たちは仲よくなった。

そのとき何をしゃべったかは、覚えていない。ただルントウが、城内へ来ていろいろ珍しいものを見たと言って、はしゃいでいたことだけは記憶に残っている。

明くる日、鳥を捕ってくれと頼むと、彼は、

「だめだよ。大雪が降ってからでなきゃ。おいらとこ、砂地に雪が降るだろ。そうしたら雪をかいて、少し空き地をこしらえるんだ。それから、大きな籠を持ってきて、短いつっかえ棒をかって、屑籾《くずもみ》をまくんだ。そうすると、小鳥が来て食うから、そのとき遠くの方から、棒に結わえてある縄を引っ張るんだ。そうすると、みんな籠から逃げられないんだ。なんだっているぜ。タオチー（稲鶏）だの、チアオチー（角鶏）だの、はとだの、ランペイ（藍背）だの……。」

それからは雪の降るのが待ち遠しくなった。

ルントウはまた言うのだ。

「今は寒いけどな、夏になったら、おいらとこへ来るといいや。おいら、昼間は海へ貝殻拾いに行くんだ。赤いのも、青いのも、なんでもあるよ。『鬼おどし』

もあるし、『観音様の手』もあるよ。晩には、父ちゃんとすいかの番に行くのさ。おまえも来いよ。」

「どろぼうの番?」

「そうじゃない。通りがかりの人が、喉が渇いて、すいかを取って食ったって、そんなの、おいらとこじゃ、どろぼうなんて思やしない。番をするのは、穴熊や、はりねずみや、チャーさ。月のある晩に、いいかい、ガリガリって音がしたら、チャーがすいかをかじってるんだ。そうしたら、手に刺叉を持って、忍び寄って……。」

そのとき私はその「チャー」というのがどんなものか、見当もつかなかった――今でも見当はつかない――が、ただなんとなく、小犬のような、そして獰《どう》猛《もう》な動物だという感じがした。

「かみつかない?」

「刺叉があるじゃないか。忍び寄って、チャーを見つけたら突くのさ。あん畜生、利口だから、こっちへ走ってくるよ。そうして股をくぐって逃げてしまうよ。なにしろ毛が油みたいに滑っこくて……。」

こんなにたくさん珍しいことがあろうなど、それまで私は思ってもみなかった。海には、そのような五色の貝殻があるものなのか。すいかには、こんな危険な経歴があるものなのか。私はすいかといえば、果物屋に売っているものとばかり思っていた。

「おいらとこの砂地では、高潮の時分になると『跳ね魚』がいっぱい跳ねるよ。みんな、かえるみたいな足が二本あって……。」

ああ、ルントウの心は神秘の宝庫で、私の遊び仲間とは大違いだ。こんなことは、私の友達は何も知ってはいない。ルントウが海辺にいるとき、彼らは私と同様、高い塀に囲まれた中庭から四角な空を眺めているだけなのだ。

惜しくも正月は過ぎて、ルントウは家へ帰らねばならなかった。別れがつらくて、私は声を上げて泣いた。ルントウも台所の隅に隠れて、嫌がって泣いていたが、とうとう父親に連れてゆかれた。その後、彼は父親にことづけて、貝殻を一包みと、美しい鳥の羽を何本か届けてくれた。私も一、二度何か贈り物をしたが、それきり顔を合わす機会はなかった。

今、母の口から彼の名が出たので、この子供の頃の思い出が、電光のように一挙によみがえり、私はやっと美しい故郷を見た思いがした。私はすぐこう答えた。

「そりゃいいな。で――今、どんな？　……。」

「どんなって……、やっぱり、楽ではないようだが……。」そう答えて、母は戸外へ目をやった。

「あの連中、また来ている。道具を買うという口実で、その辺にある物を勝手に持って行くのさ。ちょっと見てくるからね。」

母は、立ち上がって出ていった。外では、数人の女の声がしていた。私はホンルをこちらへ呼んで、話し相手になってやった。字は書ける？　よそへ行くの、うれしい？　などなど。

「汽車に乗ってゆくの？」

「汽車に乗ってゆくんだよ。」

「お船は？」

「初めに、お船に乗って……。」

「まあまあ、こんなになって、ひげをこんなに生やして。」不意に甲高い声が響いた。

びっくりして頭を上げて見ると、私の前には、頬骨の出た、唇の薄い、五十がらみの女が立っていた。両手を腰にあてがい、スカートをはかないズボン姿で足を開いて立ったところは、まるで製図用の脚の細いコンパスそっくりだった。

私はどきんとした。

「忘れたかね。よくだっこしてあげたものだが。」

ますますどきんとした。幸い、母が現れて口添えしてくれた。

「長いこと家にいなかったから、見忘れてしまってね。おまえ、覚えているだろ。」と、私に向かって、「ほら、筋向かいのヤン（楊）おばさん……豆腐屋の。」

そうそう、思い出した。そういえば子供の頃、筋向かいの豆腐屋に、ヤンおばさんという人が一日中座っていて、「豆腐屋小町《こまち》」とよばれていたっけ。しかし、その人ならおしろいを塗っていたし、頬骨もこんなに出ていないし、唇もこんなに薄くはなかったはずだ。それに一日中座っていたのだから、こんなコンパスのような姿勢は、見ようにも見られなかった。その頃うわさでは、彼女のおかげで豆腐屋は商売繁盛《はんじょう》だとされた。たぶん年齢のせいだろうか、私はそういうことにさっぱり関心がなかった。そのため見忘れてしまったのである。

ところがコンパスのほうでは、それがいかにも不服らしく、蔑むような表情を見せた。まるで、フランス人のくせにナポレオンを知らず、アメリカ人のくせにワシントンを知らぬのを嘲るといった調子で、冷笑を浮かべながら、

「忘れたのかい。なにしろ身分のあるお方は目が上を向いているからね……。」

「そんなわけじゃないよ……僕は……。」私はどぎまぎして、立ち上がった。

「それならね、お聞きなさいよ、シュン（迅）ちゃん。あんた、金持ちになったんでしょ。持ち運びだって、重くて不便ですよ。こんながらくた道具、邪魔だから、あたしにくれてしまいなさいよ。あたしたち貧乏人には、けっこう役

に立ちますからね。」

「僕は金持ちじゃないよ。これを売って、その金で……。」

「おやおや、まあまあ、知事様になっても金持ちじゃない？ 現におめかけが三人もいて、お出ましは八人かきのかごで、それでも金持ちじゃない？ ふん、だまそうたって、そうはいきませんよ。」

返事のしようがないので、私は口を閉じたまま立っていた。

「ああ、ああ、金がたまれば財布のひもを締める。財布のひもを締めるからまたたまる……。」コンパスは、ふくれっつらで背を向けると、ぶつぶつ言いながら、ゆっくりした足どりで出ていった。行きがけの駄賃に、母の手袋をズボンの下へねじ込んで。

その後、近所にいる親戚が何人も訪ねてきた。その応対に追われながら、暇をみて荷ごしらえをした。そんなことで四、五日潰れた。

ある寒い日の午後、私は食後の茶でくつろいでいた。表に人の気配がしたので、振り向いてみた。思わずあっと声が出かかった。急いで立ち上がって迎えた。

来た客はルントウである。ひと目でルントウとわかったものの、そのルントウは、私の記憶にあるルントウとは似もつかなかった。背丈は倍ほどになり、昔の艶のいい丸顔は、今では黄ばんだ色に変わり、しかも深いしわが畳まれていた。目も、彼の父親がそうであったように、周りが赤く腫れている。私は知っている。海辺で耕作する者は、一日中潮風に吹かれるせいで、よくこうなる。頭には古ぼけた毛織りの帽子、身には薄手の綿入れ一枚、全身ぶるぶる震えている。紙包みと長いきせるを手に提げている。その手も、私の記憶にある血色のいい、丸々した手ではなく、太い、節くれだった、しかもひび割れた、松の幹のような手である。

私は感激で胸がいっぱいになり、しかしどう口をきいたものやら思案がつかぬままに、ひと言、

「ああルンちゃん――よく来たね……。」

続いて言いたいことが、後から後から、数珠《じゅず》つなぎになって出かかった。チ

アオチー、跳ね魚、貝殻、チャー……。だが、それらは、何かでせき止められたように、頭の中を駆け巡るだけで、口からは出なかった。

彼は突っ立ったままだった。喜びと寂しさの色が顔に現れた。唇が動いたが、声にはならなかった。最後に、うやうやしい態度に変わって、はっきりこう言った。

「旦那様!……。」

私は身震いしたらしかった。悲しむべき厚い壁が、二人の間を隔ててしまったのを感じた。私は口がきけなかった。

彼は後ろを向いて、「シュイション（水生）、旦那様にお辞儀しな。」と言って、彼の背に隠れていた子供を前へ出した。これぞまさしく三十年前のルントウであった。いくらか痩せて、顔色が悪く、銀の首輪もしていない違いはあるけれども。「これが五番目の子でございます。世間へ出さぬものですから、おどおどしておりまして……。」

母とホンルが二階から下りてきた。話し声を聞きつけたのだろう。

「御隠居様、お手紙は早くにいただきました。うれしくてたまりませんでした、旦那様がお帰りになると聞きまして……。全く、」と、ルントウは言った。

「まあ、なんだってそんな他人行儀にするんだね。おまえたち、昔は兄弟の仲じゃないか。昔のように、シュンちゃん、でいいんだよ。」と、母はうれしそうに言った。

「めっそうな、御隠居様、なんとも……とんでもないことでございます。あの頃は子供で、何のわきまえもなく……。」そして、またもシュイションを前に出してお辞儀させようとしたが、子供ははにかんで、父親の背にしがみついたままだった。

「これがシュイション？　五番目だね。知らない人ばかりだから、はにかむのも無理ない。ホンルや、あちらでいっしょに遊んでおやり。」と、母は言った。

言われてホンルは、シュイションを誘い、シュイションもうれしそうに、そろって出ていった。母はルントウに席を勧めた。彼はしばらくためらった後、ようやく腰を下ろした。長ぎせるをテーブルに立て掛けて、紙包みを差し出した。

「冬場は、ろくなものがございません。少しばかり、青豆の干したのですが、自分とこのですから、どうか旦那様に……。」

私は、暮らし向きについて訊ねた。彼は首を振るばかりだった。

「とてもとても。今では六番目の子も役に立ちますが、それでも追っつけません……世間は物騒だし……どっちを向いても金は取られほうだい、決まりも何も……作柄もよくございません。作った物を売りに行けば、何度も税金を取られて、元は切れるし、そうかといって売らなければ、腐らせるばかりで……。」

首を振りどおしである。顔にはたくさんのしわが畳まれているが、まるで石像のように、そのしわは少しも動かなかった。苦しみを感じはしても、それを言い表すすべがないように、しばらく沈黙し、それからきせるを取り上げて、黙々とたばこをふかした。

母が都合をきくと、家に用が多いから、明日は帰らねばならぬと言う。それに昼飯もまだと言うので、自分で台所に行って、飯をいためて食べるように勧めた。

彼が出ていった後、母と私とは彼の境遇を思ってため息をついた。子だくさん、凶作、重い税金、兵隊、匪賊《ひぞく》、役人、地主、みんな寄ってたかって彼をいじめて、でくのぼうみたいな人間にしてしまったのだ。母は、持っていかぬ品物はみんなくれてやろう、好きなように選ばせよう、と私に言った。

午後、彼は品物を選び出した。長テーブル二個、椅子四脚、香炉と燭台《しょくだい》一組、大秤《おおばかり》一本。その他、わら灰もみんな欲しいと言った。（私たちのところでは、炊事のときわらを燃す。その灰は砂地の肥料になる。）私たちが旅立つとき来て船で運ぶ、と言った。

夜はまた世間話をした。とりとめのない話ばかりだった。明くる日の朝、彼はシュイションを連れて帰っていった。

それからまた九日して、私たちの旅立ちの日になった。ルントウは朝から来ていた。シュイションは連れずに、五歳になる女の子に船の番をさせていた。それぞれに一日中忙しくて、もう話をする暇はなかった。客も多かった。見送りに来る者、品物を取りに来る者、見送りがてら品物を取りに来る者。夕方になって、私たちが船に乗り込む頃には、この古い家にあった大小さまざまのがらくた類は、すっかり片づいていた。

船はひたすら前進した。両岸の緑の山々は、たそがれの中で薄墨色に変わり、次々と船尾に消えた。

私といっしょに窓辺にもたれて、暮れてゆく外の景色を眺めていたホンルが、ふと問いかけた。

「伯父《おじ》さん、僕たち、いつ帰ってくるの。」

「帰ってくる? どうしてまた、行きもしないうちに、帰るなんて考えたんだい。」

「だって、シュイションが僕に、家に遊びに来いって。」

大きな黒い目を見はって、彼はじっと考え込んでいた。

私も、私の母も、はっと胸をつかれた。そして話がまたルントウのことに戻った。母はこう語った。例の豆腐屋小町のヤンおばさんは、私の家で片づけが始まってから、毎日必ずやって来たが、おととい、灰の山から碗《わん》や皿を十個余り掘り出した。あれこれ議論の末、それはルントウが埋めておいたにちがいない、灰を運ぶとき、いっしょに持ち帰れるから、という結論になった。ヤンおばさんは、この発見を手柄顔に、「犬じらし」(これは私たちのところで鶏を飼うのに使う。木の板に柵を取り付けた道具で、中に食べ物を入れておくと、鶏は首を伸ばしてついばむことができるが、犬にはできないので、見てじれるだけである。)をつかんで飛ぶように走り去った。纏足《てんそく》用の底の高い靴で、よくもと思うほど速かったそうだ。

古い家はますます遠くなり、故郷の山や水もますます遠くなる。だが名残惜《なごりお》しい気はしない。自分の周りに目に見えぬ高い壁があって、その中に自分だけ取り残されたように、気がめいるだけである。すいか畑の銀の首輪の小英雄の面影は、元は鮮明このうえなかったのが、今では急にぼんやりしてしまった。これもたまらなく悲しい。

母とホンルとは寝入った。

私も横になって、船の底に水のぶつかる音を聞きながら、今、自分は、自分の道を歩いているとわかった。思えば私とルントウとの距離は全く遠くなったが、若い世代は今でも心が通い合い、現にホンルはシュイションのことを慕っている。せめて彼らだけは、私と違って、互いに隔絶することのないように……とはいっても、彼らが一つ心でいたいがために、私のように、むだの積み重ねで魂をすり減らす生活を共にすることは願わない。また、ルントウのように、打ちひしがれて心が麻痺《ひ》する生活を共にすることも願わない。また、他の人のように、やけを起こして野放図に走る生活を共にすることも願わない。希望をいえば、彼らは新しい生活をもたなくてはならない。私たちの経験しなかった新しい生活を。

希望という考えが浮かんだので、私はどきっとした。たしかルントウが香炉と燭台を所望したとき、私は、相変わらずの偶像崇拝だな、いつになったら忘れるつもりかと、心ひそかに彼のことを笑ったものだが、今私のいう希望も、やはり手製の偶像にすぎぬのではないか。ただ、彼の望むものはすぐ手に入り、私の望むものは手に入りにくいだけだ。

　まどろみかけた私の目に、海辺の広い緑の砂地が浮かんでくる。その上の紺碧の空には、金色の丸い月が懸かっている。思うに希望とは、もともとあるものともいえぬし、ないものともいえない。それは地上の道のようなものである。もともと地上には道はない。歩く人が多くなれば、それが道になるのだ。

（魯迅　竹内好 訳「故郷」
『魯迅文集　第1巻』〈筑摩書房〉より）

「あのころ」をふりかえる

■魯迅《ろじん》

一八八一年〜一九三六年。本名は周樹人。浙江省紹興《せっこうしょうしょうこう》の知識人家庭に生まれる。官費留学生として一九〇二年に渡日。仙台の医学専門学校に入学するも中退し、文芸運動に転じる。帰国後、教員として働いたのち、一九一一年の辛亥革命《しんがいかくめい》で成立した新政府の教育部員となり、北京に移住した。代表作は「故郷」のほかに「狂人日記」「阿Q正伝《あきゅうせいでん》」など。翻訳や文学史研究にも大きな功績を残した。

「故郷」は中学三年生の教科書に収録された。授業では、次のような指導が行われた。

・再会時の態度をもとに、「わたし」「ルントウ」の心境について考える。

・「だんなさま」という言葉づかいに「ルントウ」のどのような気持ちが表れているかを読み取る。

・「悲しむべき厚い壁」とはどういうことなのか、考える。

ないた赤おに

浜田廣介

一

どこの山だか、わかりません。その山のがけのところに、家が一けんたっていました。木こりがすんでいるのでしょうか。いいえ、そうではありません。それなら、くまがそこにすんでいるのでしょうか。いいえ、そうでもありません。そこには大きな赤おにがすんでいました。絵本にかいてあるようなおにとはちがっていましたが、それでも目玉はきょろきょろしていて、頭にはどうやら角かと思われるとがったものがついていました。

おそろしいやつだと、だれでも思うでしょう。ところが、そうではありません。やさしいおにでありました。一度《ど》も人をいじめたことはありません。本当にその赤おにはほかのおにとはちがっていました。

「わたしはおにに生まれてきたが、人のためには、よろこんではたらきたいな。できることなら、人間たちのなかまになって、なかよくくらしていきたいな。」

そう、いつも思っていました。そこで、ある日赤おには自分の家の戸の前にふだを立てて、字を書きました。

ココロノ　ヤサシイ　オニノ　ウチデス。

ドナタデモ　オイデクダサイ。

オイシイ　オカシガ　ゴザイマス。

オチャモ　ワカシテ　ゴザイマス。

二

まもなく木こりが立てふだに目をとめました。

「おやおや、何か書いてある。」

読んでみて、木こりはたいそうふしぎに思いました。首をまげまげ山から下りて、ふもとの村に行きました。そして、なかまの木こりに会って言いました。

「おにが、立てふだ立てている。」

「おやおや、そうかい。」

木こりは、なかまの木こりをさそって、また山にやってきました。

「ほら、ごらん、字が書いてある。」

「なるほど、なるほど。」

なかまの木こりは、かたかなの字を読んでみました。

ココロノ　ヤサシイ　オニノ　ウチデス。
ドナタデモ　オイデクダサイ。
オイシイ　オカシガ　ゴザイマス。
オチャモ　ワカシテ　ゴザイマス。

「へえ、どうもふしぎなことだな。たしかにちゃんと書いてある。けれどもこれは気をつけなくてはならないよ。おにめが、だましてぼくらを食おうというつもりかもしれないぞ。」

「なるほど、そうか、あぶない、あぶない。」

二人の木こりが話しているのを、赤おにはうちの中から聞いていました。

「とんでもないぞ。だれがだまして食うものか。」

おにはくやしくなってきて、まどからひょっこりまっかな顔を出しながら、

「おい、木こりさん。」

と、よびかけました。

三

木こりどもはびっくりしました。

「わっ、たいへんだ。」

「にげろ、にげろ。」

と、かけ出して、二人いっしょにどんどんと山を下っていきました。

「おうい、しばらくまってくれ。だますんじゃやない。本当なんだ。おいしいお

かしだ。おいしいお茶だ。」

おにには、あとからそう言っておいかけました。けれども二人はいちもくさんににげて見えなくなりました。赤おにはがっかりしました。すごすごと、うちの前までもどってきました。そして自分の立てふだをうらめしそうに見ていましたが、ふと手をかけて、立てふだを引きぬきながら言いました。

「こんなもの、立てておいてもちっともやくに立ちゃしない。毎日、おかしをこしらえて、毎日、お茶をわかしていても、だれもあそびに来はしない。いまいましいな。」

そうつぶやいて、赤おには立てふだをふみつけました。いたがバリバリわれました。おにはむしゃくしゃしていました。立てふだのくいをポキンとおりました。

ちょうどその時、一人のおきゃくがやってきました。おきゃくといっても、人間のおきゃくさまではありません。なかまのおにで、足のうらまで青いという青おになのでありました。その青おにはその日の朝に、遠い遠い山の方からうちを出て、あそびに来たのでありました。

「どうしたんだい。手あらいことをして。」

と、青おにはそばから声をかけました。

四

そこで、赤おにには、なかまの青おにに、どうして自分がそんなにはらを立てているのか、わけはこうだと、話をしました。

「そうか、それならこうしよう。村に出かけて、ぼくだけうんとあばれよう。そこへきみがやってきて、ぼくの頭をポカポカなぐれ。そうすれば、みんながきみをほめるだろう。もうそうなれば、人間も安心《あん》をして、あそびにやってくるだろう。」

「けれども、それでは、きみにたいしてすまないよ。」

「なあに、ちっともかまわない。さあ行こう。」

おにとおにとはつれだって山を下っていきました。ふもとに村がありました。村のはずれに小さな家がありました。青おにははしっていって、家の戸口をけりつけながら、どなりました。

「おにだ。おにだ。」

家の中では、おじいさんとおばあさんとが、ちょうどごはんを食べていました。おにのすがたをひと目見て、きもをつぶしてにげ出しました。青おには中に入って、茶わんやさらをめったやたらになげつけました。ガラガラガチャン、ガチャリン、チャリン……ドタンバタンと、青おには、とんだりはねたりさか立ちしたりしていました。

すると、そこへ赤おにがいきをきらしてかけてきました。

「らんぼうものめ。どこだ。どこだ。」

と、赤おにはこぶしをにぎって大きな声で言いました。

五

赤おにはらんぼうおにを見つけると、

「やっ、こいつめ。」

と、言いながらつかみかかって、げんこつでコツンと一つうちました。青おには首をちぢめて小さな声で言いました。

「ポカポカなぐれ。」

赤おには、そこでコツンと強くうつまねをしました。

「だめだめ、しっかりうつんだよ。」

そう、青おにが言いました。

「いいから早くにげたまえ。」

そう、赤おには小さな声で言いました。

青おにはにげ出しました。あわてたようなふりをして、わざとはしらにひたいをコツンとうち当てました。ところがあんまりうちすぎて、思わず声をたてました。

「いたたっ、たっ。」

赤おには、びっくりしました。

「青くん、まてまて。いたくはないか。」

と、赤おには、心配《ぱい》しながらおいかけました。

村人たちは、後ろからあっけにとられて見ています。

「これは、どうしたことだろう。」

「おには、みんな、らんぼうものだと思っていたのに、あのおにはまるでちがうよ。」

「まったく、まったく。してみると、あの赤おにはやっぱりやさしいおになんだ。」

「なんだい、それなら、お茶のみに出かけていこうよ。」

「いいとも、行こう。」

そう、村人たちは言いました。

六

村人たちは山に来ました。赤おにの家の戸口に立ちながら、戸をトントンとかるくたたいて言いました。

「赤おにさん、赤おにさん、こんにちは。」

人間の言葉《ば》を聞いて、赤おにはとんで出てむかえました。

「ようこそ、ようこそ、さあどうぞ。」

おにには自分でお茶を出し、おかしを出してもてなしました。お茶のおいしさ、おかしのうまさ、だれもこれまで食べたためしはありません。村に帰って、村人たちは、おにのおいしいごちそうをほめたてました。

「それならぼくも出かけよう。」

「ぼくも行こう。」

「きみは、きのうも行ったじゃないか。」

「毎日行ってもいいんだよ。」

こんなぐあいで村から山へ、村人たちは三人、五人と、毎日出かけていきました。

こうして、おにには人間のお友だちができました。前とかわって、今はちっともさびしいことはありません。けれどもここに一つだけ気になることがありました。それはほかでもありません。おにのなかまの青おにが、あれから一度もたずねてこなくなりました。

「どうしたのだろう。ぐあいがわるくてねているのかな。わざと自分ではしらにひたいをぶっつけたりして、角でもいためているのかな。ひとつ、見まいに出かけよう。」

赤おにはしたくをしました。山をいくつか、谷をいくつか、こえてわたって青おにのすみかに来ました。かたい岩のだんだんをいそいで上って、戸口の前に立ちました。すると戸がしまっていました。

「いないのかしら。」

ふと気がつくと、戸の上にはり紙がしてありました。何か字が書かれていました。

赤オニクン、人間タチト、ドコマデモ　ナカヨク　クラシテ　イッテ　クダサイ。ボクハ　シバラク　キミニハ　オ目ニ　カカリマセン。コノママ　キミト　ツキアイヲ　シテイクナラバ、人間ハ　キミヲ　ウタガウ　コトデショウ。ソレデハ　マコトニ　ツマラナイ。ソウ　カンガエテ、ボクハ　コレカラ、タビニ　出ル　コトニ　シマシタ。
サヨウナラ、キミ。カラダヲ　ダイジニ　シテ　クダサイ。
ドコマデモ　キミノ
トモダチ　青オニ

赤おには、何度もそれを読みました。なみだをながして読みました。

〈浜田廣介「ないた赤おに」

『日本児童文学大系13〈浜田広介集〉』〈ほるぷ出版〉より〉

※原文の旧字体・旧かなづかい・送りがなは、現代のものに改めました。

「あのころ」をふりかえる

■浜田廣介

一八九三年〜一九七三年。本名は濱田廣助《はまだひろすけ》。山形県出身の児童文学者である。早稲田大学在学中に、新聞の懸賞小説に入選。その後児童書出版社に入社し、編集者として働く。複数の出版社を経て、関東大震災後に専業作家に。童話に加えて童謡や民謡をつくるなど、活発に活動した。特に「ひろすけ童話」が広く親しまれた。一九五五年に日本児童文芸家協会の初代理事長となる。「ないた赤おに」は、初版では「鬼の涙」という題で、出版のたびに改題や推敲《すいこう》が重ねられている。

「ないた赤おに」は、小学二年生の教科書に収録された。授業では、次のような指導が行われた。

・「赤おに」「青おに」「村人」の登場時とその後の気持ちや行動を、ノートにそれぞれ書き出して、どう変わったのかを話し合う。

・「青おに」の手紙を読んだ「赤おに」の気持ちを想像する。

この本は下記のように環境に配慮して製作しました。

●製版フィルムを使用しないCTP方式で印刷しました。

●環境に配慮した紙を使用しています。

編集協力　田中裕子
本文イラスト　生駒さちこ／小谷千里
カバーイラスト　生駒さちこ
帯文字　髙橋桃子
ブックデザイン　星 光信（Xing Design）

読者アンケートのお願い

本書に関するアンケートにご協力ください。下のコードかURLからアクセスし、以下のアンケート番号を入力してご回答ください。ご協力いただいた方の中から抽選で「図書カードネットギフト」を贈呈いたします。

※アンケートやプレゼント内容は予告なく変更となる場合があります。
あらかじめご了承ください。

アンケート番号：406980
https://ieben.gakken.jp/qr/nakerumeisaku/